À L'ENCRE DU DESTIN

UNE NOVELLA MONTGOMERY INK

CARRIE ANN RYAN

À L'ENCRE DU DESTIN

Une romance Montgomery Ink

Carrie Ann Ryan

À l'encre du destin
Une novella Montgomery Ink
par Carrie Ann Ryan
© 2013 Carrie Ann Ryan
eBook ISBN: 978-1-950443-56-7
Print ISBN: 978-1-950443-57-4

Traduit de l'anglais par Alexia Vaz pour Valentin Translation

À L'ENCRE DU DESTIN

Quand les hommes du passé de Sassy Bordeaux arrivent dans sa boutique, elle est forcée d'affronter ce qu'elle a abandonné et ce qu'il pourrait advenir si elle laissait sa douleur derrière elle pour trouver l'avenir qu'elle mérite.

Rafe Chavez et Ian Steele se remémorent le temps passé avec Sassy chaque fois qu'ils ferment les yeux. Ils sont partis, laissant des regrets et la seule femme qu'ils aimaient – s'oubliant l'un l'autre.

La chaleur de ce trio a toujours été intense, mais à présent, c'est un véritable brasier. S'ils ont de la chance, ils sortiront indemnes de cette fournaise. Si le destin est de leur côté, ils s'en sortiront... et resteront ensemble.

CHAPITRE UN

— ALORS, est-ce que je devrais me faire un papillon sur les fesses ou un cobra sur la hanche ?

Sassy Bordeaux sourit à la jeune lycéenne de tout juste dix-huit ans, et tapota son menton d'un doigt agrémenté d'un vernis à ongles rouge pomme. Les nombreux bracelets qui ornaient ses poignets, les couvrant tout en laissant apercevoir les quelques tatouages qu'elle avait sur les avant-bras, tintèrent quand elle fit ce mouvement. Le bruit se mêla aux échos des aiguilles motorisées, aux rires, à la musique et aux discussions dans la boutique.

La fille devant elle avait peut-être dix-huit ans, mais elle arborait toujours le visage poupin d'une adolescente en pleine croissance. D'ordinaire, Sassy ne serait pas intervenue et n'aurait pas dit à la personne concernée qu'elle n'était pas prête pour un tatouage, mais aujourd'hui, elle se devait de faire quelque chose.

Oh, de qui se moquait-elle ?

Sassy intervenait *toujours* et disait le fond de sa pensée. Inutile de mentir pour faire gagner quelques dollars de plus à la boutique tandis que le client finirait avec un tatouage qu'il ne voulait vraiment pas, ou une œuvre qui ne correspondait pas à leur personnalité, mais plutôt à la personne qu'ils pensaient devoir être.

Elle était peut-être la réceptionniste de *Midnight Ink*, mais elle et l'équipe de la boutique savaient qu'elle n'était pas seulement là pour préparer le café et prendre des rendez-vous, comme les gens extérieurs semblaient le penser. Elle était la première ligne de défense pour le travail des artistes et la peau des clients.

C'était un travail qu'elle prenait au sérieux.

Même si elle ressemblait à la femme folle qui vaga-bondait dans les rues de La Nouvelle-Orléans, la plupart du temps. Cette perception erronée que les autres avaient d'elle l'avait mené à la liberté.

Tout le monde sous-estimait Sassy.

Même elle, elle se sous-estimait parfois.

D'accord, ce n'était vraiment pas la direction que devaient prendre ses pensées.

Repoussant des souvenirs auxquels elle ne devrait

pas penser, elle posa une main sur celle de la fille et secoua la tête.

— Chérie, est-ce vraiment ce que tu veux ? demanda-t-elle en baissant la voix.

Son ton était pourtant déjà plus doux que du miel, proche d'un chuchotement.

La fille cligna des yeux devant elle.

— Euh, oui ? Enfin. Je suis là, non ?

Sassy balaya ses cheveux par-dessus son épaule, les longues vagues brunes retombant dans son dos. Aujourd'hui, elle avait des mèches d'un bleu brillant, grâce aux craies de coloration qu'elle utilisait. Elle aimait changer tous les jours et, parfois, elle allait mettre une autre couleur au milieu de la journée de travail juste pour que les autres s'y prennent à deux fois pour la regarder.

Les clients qui ne la connaissaient pas – et certains qui la connaissaient – pensaient qu'elle était un peu trop folle pour eux, donc elle nourrissait ce fantasme et ne faisait rien pour les faire changer avis.

En plus, les couleurs étaient sacrément géniales.

— Comment tu t'appelles, ma belle ? demanda-t-elle.

Elle mena la jeune fille vers l'un des petits canapés qu'ils avaient dans la zone réservée aux clients à *Midnight Ink*.

— Hannah. Et tu es Sassy. J'ai entendu parler de toi.

D'après le regard étrange sur le visage d'Hannah, Sassy n'était pas certaine de vouloir savoir exactement ce que la fille avait entendu. Beaucoup d'histoires sur la façon dont elle en était venue à travailler à *Midnight Ink* circulaient. Entre celle de l'espionne, celle de la princesse perdue ou celle de l'ancienne mannequin qui s'était perdue dans la drogue, Sassy avait presque tout entendu.

Ce n'était pas sa faute si les rumeurs continuaient de circuler. D'accord, peut-être que si, puisqu'elle n'en avait discrédité aucune, et qu'elle n'avait pas dit la vérité quant à ses origines.

Personne n'avait besoin de le savoir et la fiction était bien plus excitante que les faits, de toute façon.

Sassy s'enfonça dans les coussins du canapé qu'elle avait choisi pour la boutique et retint un soupir. Bon sang, elle aimait ce canapé. Il était si somptueux, et pourtant, il n'en avait pas l'air. Il allait bien à *Midnight Ink* avec sa douceur crème et ses angles pourtant bruts. Le reste de la boutique était composée de parquets, de fauteuils noirs, de tables et de tabourets qui brillaient sous la lumière chaude. La petite zone d'accueil, où Sassy pouvait parler avec les clients et où les artistes pouvaient se détendre, était son endroit à elle, où la magie se produisait.

Du moins, elle espérait que c'était ce qui se produirait dans ce cas-là.

— Alors, Hannah, tu as beaucoup entendu parler de moi ? s'enquit Sassy, d'un ton décontracté.

Elle devait sortir de sa tête pour entrer dans celle de la fille. Qu'est-ce qui n'allait pas chez elle, aujourd'hui ?

Hannah leva les yeux au ciel avant de se mordre la lèvre, comme si elle réfléchissait à ce qu'elle dirait.

— Eh bien, tu es... *la* Sassy. Tout le monde te connaît et sait quel est ton lien avec *Midnight Ink.*

Sassy retint un ricanement quand elle entendit « *la* Sassy ». Apparemment, son nom était également un titre montrant ce qu'elle était. Elle était spéciale à sa façon.

— Eh bien, je suis *la* Sassy, mais ce n'est pas important, n'est-ce pas, chérie ?

Devant le regard impassible d'Hannah, Sassy dut s'empêcher d'utiliser des jurons. Mon Dieu, cette fille était jeune.

— Pourquoi veux-tu ce tatouage ?

—Parce que j'ai dix-huit ans et que c'est mon droit en tant qu'adulte.

Hannah fit ressortir sa lèvre dans une moue boudeuse qui montrait clairement que ses paroles étaient un mensonge, du moins, la dernière moitié.

Une adulte ? Nom de Dieu, ils étaient de plus en

plus jeunes au fil des ans. D'accord, donc Sassy n'avait que trente-deux ans. Elle était encore un bébé, à certains égards, mais elle en avait vu assez pour se qualifier d'adulte, plus que cette adolescente bien proprette.

— D'accord, oui, tu as le droit aux tatouages maintenant que tu as dix-huit ans, chérie. Mais tu dois te souvenir que tu les auras pour la vie. Ce n'est pas quelque chose que tu dois tenir pour acquis. Oui, un cobra sur ta hanche aurait l'air canon. En fait, j'en ai vu quelques-uns qui s'enroulent si joliment que c'est une véritable œuvre d'art. Mais Hannah, chérie, si tu fais ça, la signification doit être plus grande que simplement vouloir prouver que tu es plus vieille que ce que pensent les autres.

D'après l'air coupable sur le visage d'Hannah, Sassy savait qu'elle avait trouvé la vraie raison de la rébellion de cette fille.

Inutile d'arrêter maintenant puisqu'il n'y avait aucune chance pour qu'un des artistes tatoue la peau vierge de cette fille aujourd'hui. Hannah n'était clairement pas prête et *Midnight Ink* s'inquiétait de ce genre de choses. C'était leur marque de fabrique.

— Chérie, rentre chez toi et demande-toi si c'est ce que tu veux vraiment.

— Mais je veux un tatouage, marmonna Hannah.

Sassy acquiesça.

— Oui, je crois que tu en veux un et je pense que tout ce qu'on dessinera sur toi sera magnifique. Nos artistes sont géniaux, ma belle, et ils s'assureront de te donner un look fantastique, mais pour le moment ? C'est non, chérie, tu n'as pas besoin de ça. Attends d'être prête pour faire un tatouage pour *toi* et pas parce que tu penses devoir en faire un pour *eux*.

La fille laissa échapper un soupir et passa une main sur son visage.

— J'imagine que c'était assez stupide de venir sans avoir d'idée.

Sassy tendit le bras pour étreindre Hannah.

— Non, chérie. En fait, venir à *Midnight Ink* est la chose la plus intelligente que tu aurais pu faire. Si tu étais allée ailleurs, ils n'auraient peut-être pas écouté ce dont tu avais *besoin*, mais ils t'auraient plutôt donné ce que tu *voulais*.

Hannah lui sourit, l'air bien plus jeune que ses dix-huit ans, si c'était possible.

— J'imagine que c'est pour ça qu'on t'appelle *la* Sassy. Tu sais tout.

Sassy rejeta la tête en arrière et se mit à rire.

— Oh, j'aimerais tout savoir, mais c'est marrant de faire comme si c'était le cas. Viens, je vais te donner une carte au cas où tu déciderais de revenir avec une image claire en tête. Quand ce sera le cas, on te trouvera un artiste, mais je pense que Shep ou Rosie t'irait bien.

Hannah baissa la tête et rougit.

— Shep, c'est le mec canon avec des tatouages sur les bras et sur l'épaule, celui qui est dans le coin, non ?

Sassy retint son rire et regarda dans le coin où Shep était clairement en train de s'empêcher de rire également. Apparemment, il avait l'ouïe d'un foutu chat.

— Oui, chérie, c'est Shep. Il est pris, mais c'est toujours sympa de le regarder et de rêver.

Caliph, le tatoueur à la carrure d'armoire à glace et le meilleur ami de Shep, éclata de rire et Hannah rougit davantage. Sassy jeta un regard noir à l'homme qui lançait un sourire impénitent, puis elle raccompagna Hannah à l'extérieur avec une bonne conscience.

Elle se faufila jusqu'au poste de travail de Caliph, le balancement de ses hanches donnant l'impression qu'elle était en chasse, même quand ce n'était pas le cas. Elle agita son doigt devant le visage de son ami.

— Je n'arrive pas à croire que tu te sois moqué d'elle ! C'est juste une adolescente avec un faible pour Shep.

Caliph baissa la tête et eut la décence d'avoir l'air légèrement honteux. Légèrement.

— Pardon, Sass. C'est parce que je t'imaginais en train de fantasmer sur notre bon vieux Shep, pas la petite fille qui avait besoin de plus de temps pour réfléchir à son tatouage.

Sassy laissa échapper un soupir, puis lui claqua l'épaule.

— J'aurais cru qu'en trouvant Jennifer, tu aurais arrêté d'être cette brute ignorante avec les femmes.

— Hé, laisse-le tranquille, Sass, intervint Shep en se glissant entre eux deux. Il n'insinue rien et Hannah souriait quand elle est partie. Pourquoi en fais-tu des caisses alors que ce n'était rien ?

Sassy cligna des yeux et fit un pas en arrière. Eh bien, c'est vrai qu'elle en faisait carrément des tonnes. Tout *Midnight Ink* riait et plaisantait. C'était juste leur façon de faire. Ils étaient une famille et se taquinaient souvent. Mais qu'est-ce qui clochait chez elle ? Et pourquoi s'était-elle posé cette question plus d'une fois en un laps de temps si court ?

Peut-être qu'elle avait besoin d'une pause.

Ou d'un mec.

Non. Elle n'allait pas penser à ça.

Elle tapota le visage de Caliph pour qu'il se penche. Lorsqu'il le fit, elle déposa un baiser sur chacune de ses joues avant de soupirer.

— Je suis désolé, mon beau. Je crois que j'ai juste besoin d'une sieste.

Ou de m'envoyer en l'air.

Arrête, Sassy.

Shep plissa les yeux et elle savait qu'il ne croyait pas les mots qui franchissaient ses lèvres, néanmoins, elle l'ignora. Ses amis, même si elle les aimait, n'avaient pas besoin de tout savoir sur elle.

— Tu devrais rentrer, Sass, déclara Shep. Nous ne sommes pas si occupés et si tu dis que tu as besoin de te reposer, alors vas-y.

Il l'attira dans une étreinte et elle inhala cette odeur épicée qui ne lui faisait rien d'autre que lui rappeler qu'elle se sentait en famille.

— On t'aime, ma belle. Tu as pris soin de nous, maintenant, c'est le moment de prendre soin de toi.

Sassy recula et feignit un sourire sur son visage. Bon sang. Elle le savait, mais l'idée de prendre soin d'elle était la raison pour laquelle elle était enlisée dans cette routine.

D'accord, donc c'était *ça* qui clochait chez elle.

— Shep, mon beau, tu n'as pas besoin de t'inquiéter pour Sassy.

Il sourit, levant les yeux au ciel quand il l'entendit parler d'elle-même à la troisième personne, exactement comme elle l'avait espéré.

— Chaque fois que tu parles de toi à la troisième personne, tu me fais flipper. Tu le sais, hein ?

Sassy acquiesça, ses cheveux retombant à nouveau sur ses épaules. La plupart du temps, elle n'arrivait pas à les coiffer. On aurait dit qu'ils aimaient être libres encore plus qu'elle.

— C'est pour ça que je le fais, mon cher Shep. Maintenant, retourne travailler sur tes pochoirs. Et toi, Caliph, tu as laissé quelqu'un s'endormir sur ta banquette. Je ne saurais jamais comment les gens peuvent s'endormir pendant un tatouage.

Le grand homme sourit, puis se pencha pour l'embrasser sur la joue.

— Mes mains sont juste douées.

Il agita ses sourcils et Shep émit des bruits de haut-le-cœur à côté d'elle.

Les garçons.

Ils ne grandissaient jamais, même lorsque l'un d'entre eux s'approchait de la fameuse quarantaine.

— Tu es pénible, mais je suis ravie que Jennifer puisse t'avoir. Maintenant, remets-toi au travail. Shep ? N'oublie pas de ramener Shea pour son prochain tatouage.

Shep lança un sourire si radieux qu'il illumina trois pâtés de maisons et qu'il montra qu'il était totalement amoureux de la femme aux yeux bleus qui avait besoin de plus de tatouage.

— Je la ramènerai, ne t'inquiète pas. Elle ne peut rien se faire sur les bras ou les jambes à cause de son travail, du moins pour le moment, mais elle pense à un autre dessin sur la hanche.

CARRIE ANN RYAN

Shea avait rencontré Shep à *Midnight Ink* lorsqu'elle voulait se faire un tatouage, et parce que le
destin était génial à sa façon, ils étaient tous les deux
tombés amoureux pendant le processus.

En fait, on aurait dit qu'il y avait de l'amour dans
l'air à *Midnight Ink*. Cela ne faisait qu'environ un mois
que les derniers tourtereaux s'étaient trouvés. En tout,
huit couples – enfin, un trouple dans le cas d'Eli –
étaient tombés amoureux depuis le début de l'année.

Sassy aimait penser qu'elle avait mis la main à la
pâte pour chacun d'eux.

Enfin, si elle comptait, alors oui, elle avait aidé
chaque couple à traverser les eaux troubles de l'amour.
Après tout, ce n'était pas uniquement licorne et arc-en-
ciel. Le meilleur genre d'amour et de bonheur venait
après les périodes où le couple devait faire des efforts
pour s'en sortir et trouver leur voie. Chacun des
couples qui avaient trouvé l'amour à *Midnight Ink*
avait traversé sa propre forme de torture et avait maintenant hâte de connaître un avenir brillant et une fin
heureuse.

Cela ne signifiait pas pour autant que Sassy aurait
la sienne.

Elle ferma les yeux et prit une grande inspiration
par le nez.

Non, elle n'allait pas penser à ça.

Elle ne penserait pas à *eux*.

Elle n'avait pas pensé à son passé et à ceux qu'elle avait laissés derrière depuis si longtemps qu'il ne s'agissait maintenant que d'un souvenir lointain. Bien sûr, le goût amer des regrets s'attardait sur sa langue de temps en temps, mais il ne gouvernait pas sa vie ni ses choix.

Du moins, c'était ce qu'elle se disait.

En secouant la tête, elle alla vers son poste et prépara du café. Sassy ne préparait pas le café habituel. Oh, non. Elle avait un don pour ça et les employés de *Midnight Ink* le savaient. Dans une ville remplie des cafés les plus décadents, Sassy pouvait rivaliser avec les meilleurs d'entre eux.

Vous voyez ? Ça, c'était un sujet léger et désinvolte auquel penser. À quoi d'autre pouvait-elle penser sans que cela ait de rapport avec la douleur et le regret ?

Peut-être qu'elle avait besoin de plus de tatouages.

Elle baissa les yeux vers les spirales et les fleurs qui couvraient ses bras et sourit. Oui. S'encrer plus de tatouages était clairement le truc à faire. Elle avait des œuvres d'art dans le dos et sur les flancs également. Elle connaissait beaucoup d'autres endroits pour en faire.

Mais qui lui ferait ce tatouage ?

Son but, à la base, avait été de demander à chaque artiste de *Midnight Ink* de dessiner quelque chose sur sa peau et jusqu'à maintenant, tout le monde l'avait tatouée au moins une fois. Rosie avait fait quelques séances avec elle. Puisque cette femme était sa meilleure amie, c'était logique.

Peut-être que Shep pourrait travailler sur sa hanche. Cet homme savait exactement quoi faire avec les courbes quand il s'agissait de tatouages. Elle sourit en pensant à Shea. D'accord, alors peut-être que cet homme savait quoi faire des courbes dans d'autres domaines, mais ce n'était pas quelque chose qu'elle avait besoin de savoir.

Jamais.

Le téléphone de la boutique sonna et Sassy avança pour répondre.

— Ici Sassy, de chez *Midnight Ink*. Vous le désirez, on vous le tatoue.

Son interlocuteur ricana et Sassy sourit.

— Désirez ? Bon sang, Sassy, tu en fais des tonnes.

— Odalia ! couina Sassy.

Il s'agissait là de son amie et d'une cliente de *Midnight Ink*.

— Je suis tellement ravie que tu aies appelé, ajouta-t-elle. Tu viens pour une autre séance avec ton copain sexy ?

Odalia et Jacques étaient l'un des couples qu'elle avait aidé à former récemment et elle n'aurait pas pu être plus ravie pour ce flic et ce chasseur de primes.

— Puisque je prévois de demander à Rosie de finir

quelques détails et que je vais devoir me mettre à moitié nue pour ça, oui, Jacques sera là.

Sassy pouvait quasiment percevoir le sourire sur le visage de l'autre femme au travers du téléphone.

— Tu sais comme il aime me mettre à nue.

— Je suis sûre que tu aimes faire la même chose, ma belle. Maintenant, laisse-moi regarder le carnet de rendez-vous pour que je te dise quand Rosie sera disponible. Une heure t'arrange en particulier ?

Elles réservèrent le créneau et Sassy écrivit le nom de Rosie au crayon de papier, pour que celle-ci puisse confirmer le rendez-vous.

— Est-ce que tu viens à la fête qu'on organise dans quelques semaines ? demanda Sassy en parlant de la soirée de la Saint-Valentin de *Midnight Ink*.

La boutique aimait organiser des fêtes à certaines occasions. Puisque toute l'équipe semblait être amoureuse, celle-ci serait appropriée. Ce ne serait pas *vraiment* le jour de la Saint-Valentin, puisque la plupart des employés souhaitaient être avec leur âme sœur, mais c'était dans ces eaux-là, ils pourraient donc manger, boire et ceux qui seraient sobres pourraient se faire tatouer.

— On sera là. Tu sais qu'on vous aime, la boutique et toi, chérie.

Sassy ouvrit la bouche pour répondre, mais fut soudain à court de mots.

— Sassy.

Elle entendit la voix profonde, douloureusement familière, juste devant elle.

Elle cligna des yeux, totalement incrédule à cause de ce qu'elle voyait.

— Rafe.

— Et moi alors ?

Une autre voix, tout aussi familière, arriva juste à côté de Rafe et Sassy déglutit difficilement.

— Ian.

Elle secoua la tête.

— Qu'est-ce que... Qu'est-ce que vous faites là, tous les deux ?

Elle aurait pu jurer que tout le monde dans la boutique arrêta de bouger, de respirer. C'était comme s'ils savaient que quelque chose n'allait pas du tout, et pourtant, ils n'avaient aucune idée de ce qu'ils devaient faire.

Elle ne savait pas quoi faire.

— Nous sommes ici pour un tatouage, répondit Rafe.

— Et pour toi, intervint Ian.

Sur ces mots, elle laissa tomber le téléphone et son esprit se vida totalement.

Son passé était de retour et se tenait juste devant elle, avec la gloire sexy de leurs visages déterminés. Peu importait ce qu'elle faisait, elle avait le sentiment qu'elle ne pourrait pas chasser Ian et Rafe juste en le souhaitant.

Cela n'avait pas fonctionné auparavant.

Cela ne fonctionnerait pas cette fois-ci non plus.

Oh, merde.

CHAPITRE DEUX

— TU N'AS RIEN à dire, Sass ? s'enquit Rafe Chavez.

Ses paroles étaient bien plus calmes que son état d'esprit à ce moment-là.

Il n'arrivait toujours pas à croire qu'il se tenait à côté de l'homme qui l'avait abandonné et de la femme qui en avait fait de même. Une décennie s'était écoulée, mais juste là, dans cette boutique, il avait l'impression qu'il ne s'était passé que quelques instants depuis qu'il avait posé les yeux sur eux.

Ils étaient différents, à l'époque, il en était certain, mais bon sang, il était là maintenant et prêt à affronter tout ce qu'il fallait pour faire fonctionner son plan.

Elle battit des paupières en le regardant de ses grands yeux marron dans lesquels il s'était un jour perdu, sans espoir d'en réchapper. Ses doigts mouraient d'envie de caresser les boucles qui drapaient ses épaules et s'enroulaient sous ses seins. C'était tellement Sassy qu'elle avait quelques mèches bleues au milieu de toutes ces vagues qui semblaient hurler qu'elle était spéciale.

— Vous ne pouvez pas être là, souffla-t-elle.

Rafe retint un juron.

Elle avait souri et ri, quand elle était au téléphone, mais elle était désormais pâle et tremblante. Ian et lui en étaient la cause, pourtant Rafe savait qu'il recommencerait si cela signifiait aller de l'avant avec ce dont ils avaient besoin tous les trois. Même si deux des trois ne se rendaient pas compte qu'ils devaient faire la même chose.

Il ne brisa pas le contact visuel avec Sassy, même s'il voulait risquer un coup d'œil à Ian. S'il faisait ce que Rafe pensait, alors Ian regardait aussi fixement Sassy, sans savoir quoi faire. Puisqu'il était de dos, Rafe ne pouvait qu'imaginer cet homme, quelques centimètres de plus que lui, lancer un regard inébranlable à Sassy avec ses yeux bleus perçants, ses traits burinés et ses cheveux noir onyx qu'il attachait avec une lanière de cuir.

Rafe aimerait penser davantage à l'homme à ses côtés, mais il savait que ce n'était pas le moment ni l'endroit. Il se concentrait totalement sur Sassy. S'ils pouvaient la convaincre de parler avec eux, peut-être qu'ils avaient une chance de faire ce que Rafe voulait.

Puisque Sassy donnait l'impression qu'elle allait filer comme une flèche, il n'avait pas beaucoup d'espoir dans la première étape de son plan.

Merde.

— Sassy ? dit Ian.

Sa voix était un grondement rauque, avec ce petit côté élégant que Rafe avait toujours aimé secrètement.

Elle secoua la tête une fois de plus, puis releva les épaules. Eh bien, bon sang, autant il aimait quand elle était sexy et furieuse à la fois, autant il préférerait qu'elle ne crie pas... et c'était ce qu'elle s'apprêtait à faire.

— Mais qu'est-ce que vous *foutez* ici ? hurla-t-elle.

Ouais. Bonne déduction.

Rafe arracha son regard au visage de la jeune femme et se risqua à jeter un coup d'œil à ceux qui arrivaient derrière Sassy. La plupart de ces types étaient plus grands que Ian et lui, ce qui n'était pas rien. En plus, leur expression inspirant une mort imminente et une tragédie ne présageait rien de bon.

— *Cariña*, on peut parler en privé ? demanda Rafe.

Elle plissa les yeux quand elle entendit son surnom, puis se pinça les lèvres.

— Ne m'appelle pas comme ça. Tu n'as aucun droit de le faire.

Bien qu'il comprenne sa colère, qu'il méritait, il le savait, il lui fallut tout le courage du monde pour ne pas rappeler à Sassy qu'*elle* l'avait quitté. Ce serait une discussion pour plus tard.

— Je suis désolé.

Il ne l'était pas.

— Nous sommes juste là pour parler et nous faire tatouer. Nous ne mentions pas à ce sujet-là.

Elle ricana.

— De toutes les boutiques, dans toute La Nouvelle-Orléans, il a fallu que vous entriez dans la mienne ?

Il sourit à la référence de leur film préféré, puis il retint son froncement de sourcils en voyant la réaction de Sass : elle avait légèrement pâli après l'avoir dit par accident. Mais il l'accepterait puisque cela signifiait qu'au fond d'elle, elle pensait toujours à lui, à eux.

— Quelque chose ne va pas, Sass ? demanda l'un des hommes derrière en arrivant vers Sassy.

Il posa une main sur son épaule et Rafe dut s'empêcher de lui hurler de ne pas toucher sa femme. Il pensa à Ian. À *leur* femme.

Un autre homme, celui-ci encore plus grand que le premier, arriva de l'autre côté. Il croisa ses bras musclés sur son torse immense et leur lança un regard noir.

Eh bien, merde, il ne voulait pas se battre directement dans la boutique. Il s'était suffisamment battu quand il était adolescent et ne souhaitait pas recommencer. En plus, il ne pensait pas que Sassy apprécierait.

— Tu veux qu'on s'occupe de ces deux-là pour toi ? demanda le plus grand, d'une voix pleine d'une promesse dangereuse.

Sassy tourna les talons et posa ses poings sur sa taille.

— Excuse-moi ? Depuis quand ai-je besoin de vous pour me battre ? Je ne suis pas une demoiselle en détresse qui a besoin de son chevalier blanc pour tuer le dragon. Je vais défoncer mes putains de dragon.

Elle jeta un regard noir par-dessus son épaule en direction de Rafe et Ian.

— Ou peu importe ce qu'ils sont.

Le premier homme qui avait parlé lui sourit chaleureusement.

— Sass, chérie, on fait juste attention à toi. On sait tous que tu sais prendre soin de toi. Ça ne veut pas dire que tu devrais le faire.

Sassy souffla et Rafe prit une grande inspiration, craignant ce qu'elle allait dire. Il savait que cette femme n'aimait pas être perçue comme vulnérable. Ian et lui, qui arrivaient comme ça, par surprise, c'était audacieux et en y réfléchissant, ce n'était pas très malin.

Mais il n'avait pas su quoi faire d'autre.

— Je vais bien, Shep.

Elle lui tapota les joues, puis s'avança vers l'autre homme plus grand.

— Merci de défendre mon honneur, Caliph. Maintenant, puisque j'ai fait une scène alors que j'aime me débrouiller toute seule et faire les choses à ma façon, je vais raccompagner ces deux... gentlemen... hors d'ici.

Rafe retint un signe de victoire, mais croisa le regard de Ian. Les lèvres de l'autre homme tressaillirent, mais autrement, il ne réagit pas aux paroles de Sassy.

C'était mieux que rien.

— Si tu en es sûre, Sass, grommela Shep.

— J'en suis sûre. Ils ne vont pas me faire de mal.

Rafe entendit la note étrange dans son ton et il sut ce qu'elle pensait. Ils s'étaient fait du mal toutes ces années auparavant, mais ils passaient maintenant au-dessus de tout ça. Ils le *devaient*.

— On est vraiment venu pour un tatouage, intervint Rafe en essayant d'apaiser la tension.

Sassy se tourna vers eux et haussa les épaules.

— Oh, je ne doute pas que c'était l'une de tes intentions. Maintenant, voyons quelles sont les autres.

Sur ces mots, elle contourna le bureau, récupéra

son sac et passa à côté d'eux en les effleurant. Ce déhanchement sexy dans ses pas balançait son corps de gauche à droite.

Bon sang, la voir marcher lui avait manqué.

Ignorant les regards noirs de Shep et Caliph, ainsi que d'autres personnes de la boutique, il se retourna pour suivre Sassy vers la porte. Il entendit Ian marmonner dans sa barbe avant de les suivre également.

— Je ne sais pas qui vous êtes, tous les deux, mais si vous vous en prenez à Sassy, nous vous ferons du mal, déclara Shep derrière eux.

Rafe s'arrêta.

Il regarda par-dessus son épaule et acquiesça légèrement.

— On ne veut pas lui faire du mal.

— Alors, ne vous comportez pas en putain d'idiots, intervint Caliph.

Rafe observa une dernière fois les hommes qui protégeaient Sassy, avant de suivre la femme en question vers la porte, puis dans la rue. *Midnight Ink* se situait sur Canal Street. Puisqu'il commençait à faire nuit, c'était l'heure de dîner et de boire des cocktails, donc les rues étaient bondées. Puisque nous étions en février, il faisait un peu frais dehors, mais ça ne ressemblait en rien à New York, où il avait vécu pendant la décennie précédente.

Sassy s'arrêta devant eux et se retourna, le visage impassible.

— Je ne sais pas pourquoi vous êtes là et ne me dites pas que c'est pour un tatouage. Tous les trois, nous savons que même si vous en aviez voulu un, c'était une ruse pour que je vous parle. Eh bien, maintenant je suis là.

Elle jura.

— Pour *cette* conversation, c'est tout. Je ne fuis pas mes problèmes. Plus maintenant. Donc tous les trois, on va chez moi pour régler ça, que je puisse continuer ma vie. Je n'aime pas laver mon linge sale au travail ou en public. Et c'est ce que vous êtes tous les deux. Du linge sale.

Alors que la plupart des hommes auraient été blessés par ce que disait Sass, Rafe savait que Ian et lui ne le seraient pas. Sassy attaquait comme un chaton effrayé quand elle était acculée. Oh, Rafe n'allait pas céder. Le chaton avait des griffes, mais bon sang, la façon dont elle criait et râlait lui avait manqué.

Oui, il était fou, mais il était passé au-dessus de ça depuis longtemps.

Allez chez elle serait une douce torture pour lui, puisque tout ce dont il avait envie, c'était d'envelopper ses bras autour d'elle et de ne jamais la relâcher. Il n'était pas un animal, ou presque, alors il s'était retenu de faire quelque chose de stupide, comme se prosterner à ses pieds et supplier qu'elle le pardonne.

Néanmoins, c'était le plan de secours.

— Ça me semble raisonnable, intervint Ian d'une voix soyeuse.

L'homme semblait glacial, froid, et séduisant par son unicité, mais Rafe savait que l'homme fondrait pour révéler sa passion féroce. Sassy et lui étaient tombés amoureux et s'étaient consumés sous la glace.

Non seulement Rafe devait recoudre ce tissu effiloché qu'était sa relation avec Sassy, mais il devait également raccommoder la connexion qu'il partageait avec Ian.

Il avait tellement perdu en dix ans et il serait maudit s'il fuyait maintenant.

— Évidemment que c'est raisonnable, cracha Sassy. C'est *mon* plan.

Elle ferma les yeux et se frotta les tempes. Rafe se retint de lui offrir son aide.

— Je dois arrêter d'aboyer. Nous sommes des adultes et je parle comme une foutue adolescente qui a perdu sa poupée d'Edward Cullen.

Elle détendit ses épaules.

— Finissons-en.

— Est-ce que tu es en voiture ? demanda Rafe.

Même si Ian et lui avaient assez d'argent pour engager des détectives privés et pouvaient réunir des informations sur Sassy en un claquement de doigts, ils ne l'avaient pas fait. Ils avaient voulu en apprendre plus, eux-mêmes, sur la femme qui se tenait devant eux pour être sur un pied d'égalité.

Même si Sassy était inquiète, elle avait toujours l'avantage sur eux. Toutefois, c'était un autre problème.

Elle secoua la tête en réponse à la question de Ian.

— Je viens à pied. J'habite près d'ici et s'il est trop tard quand je pars du boulot, l'un des mecs de la boutique me raccompagne.

Rafe grinça des dents. Autant il appréciait que Sassy ne rentre pas seule lorsqu'il était tard, autant il détestait entendre parler d'autres hommes. Elle n'était peut-être plus à lui depuis dix ans, mais cela ne signifiait pas qu'il appréciait entendre dire qu'il y avait d'autres hommes dans la vie de Sassy.

Bon sang. Il devait arrêter d'agir comme un homme de Neandertal.

Puisqu'ils étaient venus ensemble, en voiture, dans la voiture de Ian, Rafe le laissa décider ce qu'ils devraient faire.

— On va laisser notre voiture sur le parking alors, si c'est sûr, déclara Ian.

Sassy haussa les épaules.

— Si vous vous êtes garés derrière *Midnight Ink*, là où c'est sécurisé, alors il n'y a pas de problème. J'ai les clés et je pourrais vous ouvrir le parking s'ils ont fermé avant que vous partiez.

Elle plissa les yeux.

— Même si, à mon avis, ce ne sera pas si long. Venez. J'habite par là-bas.

Ils parcoururent les deux pâtés de maisons jusqu'à chez elle en silence. La tension s'élevait à chaque pas, mais Rafe s'en moquait. Une fois qu'ils eurent passé la première moitié du chemin, il fut à nouveau capable de respirer.

Mon Dieu, ils lui avaient tellement manqué.

Non pas qu'il le ferait savoir à quelqu'un d'autre que les deux personnes qui se trouvaient à côté de lui. Après tout, il était Rafe Chavez, mécanicien dur à cuire et propriétaire de garages. Avant, il avait été Rafe Chavez, le lycéen décrocheur et casse-cou, mais l'époque avait changé et lui aussi. Au lieu de trafiquer des voitures comme il l'avait fait dans sa jeunesse, il les réparait et restaurait de vieux modèles si on le lui demandait. Il était sacrément doué dans son travail et tout le monde le savait. Il possédait maintenant trois garages, deux à New York et un ici, à La Nouvelle-Orléans, où il avait grandi.

Il avait fait quelque chose de sa vie.

Mais en le faisant, il avait perdu ce qui comptait.

Maintenant, il avait une chance de rectifier ça.

Après tout, il était devenu ce qu'il était pour pouvoir saisir l'opportunité de se créer son propre avenir.

Ils arrivèrent enfin à l'appartement de Sassy. Étant donné où elle avait grandi, cet endroit était petit, en comparaison, mais il correspondait certainement à la femme qui se tenait devant lui.

D'après ce qu'il pouvait voir depuis l'entrée, il y avait un salon, une grande cuisine et deux chambres. Chaque surface ainsi que chaque étagère étaient ornées de quelque chose. Des couleurs jaillissaient des tissus, des tapis et des petites bouteilles de verre. Cela aurait été trop surchargé, si la propriétaire avait été quelqu'un d'autre que Sassy. Des plantes étaient éparpillées, vivaient et prospéraient, beaucoup présentant des bourgeons colorés. Des bibelots comblaient les vides et pourtant Rafe remarqua surtout le manque de photos personnelles.

Pas une seule de ses amis, passés ou présents.

Cela en disait long... et il devrait y réfléchir, plus tard.

Elle posa son sac et s'enfonça dans le canapé.

— J'ai mal aux pieds, j'ai des courbatures à cause du yoga de ce matin et j'ai des amis grognons à la boutique dont je vais devoir m'occuper plus tard alors finissons-en.

Rafe retint un sourire en entendant le mot « amis ». Eh bien, c'était un point pour Ian et lui. Il dut cependant s'empêcher d'imaginer Sassy faisant du yoga. Parler de choses sérieuses quand il bandait n'était probablement pas la meilleure des idées.

— Tu as l'air en forme, Sass, déclara Rafe.

Il enfonça les mains dans les poches de son jean. Ian portait peut-être un costume cravate, ressemblant au milliardaire qu'il était, mais Rafe aimait la sensation du jean bien usé. En plus, c'était ce que Sassy l'avait toujours vu porter, alors il n'allait pas passer outre la tradition et les souvenirs.

Elle sourit doucement, même avec un regard douloureux.

— Vous avez l'air en forme, vous aussi.

Elle leva les mains vers son visage et soupira.

— Mon Dieu, qu'est-ce que vous faites là ? Qu'est-ce qu'*on* fait là ?

Rafe fit un signe de tête vers Ian, qui déboutonna sa veste de costume et s'assit sur le canapé à côté de Sassy. Il était de glace, exploitant son pouvoir, tandis que Rafe n'était que feu et passion intense. Sassy était un mélange des deux, avec l'énergie folle nécessaire pour les gérer tous les deux.

C'était ce qu'il aimait chez eux trois. Et il priait pour le retrouver.

Rafe s'assit sur la table basse devant Sassy. Ils la coinçaient plus ou moins des deux côtés, lui laissant tout de même une échappatoire.

— Tu nous as manqué, Sass. Non, ne crie pas. S'il te plaît. Pas encore. Je parle pour Ian, là, parce que je sais que c'est au moins ce qu'il a ressenti, mais chérie, *cariña*, tu dois le savoir. Tu nous as manqué pendant dix ans. Pas un jour ne s'est écoulé sans que je pense à Ian et toi.

Il sourit à l'homme qui avait hanté ses rêves, tout comme la femme devant lui.

— On a laissé notre relation dans une situation si merdique pendant toutes ses années que je n'aurais jamais pensé avoir l'occasion de tout régler, mais Sassy, on peut le faire.

Elle secoua la tête, les mèches bleues de ses cheveux s'agitant sauvagement.

— Non. Ce que nous avions ? C'était génial quand on était plus jeunes. Ce genre de choses, les trouples, ça ne fonctionne que lorsque les étoiles sont alignées et que les gens se fichent de ce que les autres peuvent dire.

Elle observa Ian avec un sourire triste, puis Rafe.

— Vous aviez tellement à perdre si on continuait, et franchement, cela n'a pas fonctionné puisque, bien sûr, on a essayé, mais ce n'était pas suffisant. Nous étions des enfants qui voulaient s'amuser et maintenant que nous sommes plus vieux, nous devons aller de l'avant.

C'était douloureux d'entendre les mensonges franchir ses lèvres, mais il garda un visage impassible. Elle se mentait à elle-même et leur mentait, à eux. Sassy devait se rendre compte qu'ils le savaient.

— Nous sommes plus vieux, bien sûr, mais ça signifie que nous savons ce que nous voulons, déclara Rafe avec un signe de tête vers Ian. Je vais laisser Ian parler de ses propres sentiments et je parlerai des miens. Nous étions des gosses, oui. Nous étions meilleurs amis et venions de trois origines sociales différentes. Nous sommes tombés amoureux. Ne mens pas à propos de ça. Oui, on a baisé, on a fait l'amour et c'étaient les meilleurs ébats de ma vie, mais on s'aimait, aussi. Peu importe ce qu'on fait à partir de maintenant, ça ne changera pas le passé. Ça ne serait pas si douloureux si la relation n'avait pas été plus qu'importante à l'époque.

— Sassy, nous avons tous pris des décisions que nous regrettons, dit Ian. Pour moi, mon plus grand regret a été d'être le premier à vous quitter, même si je n'ai pas été le premier à le faire physiquement, c'est moi qui suis parti, émotionnellement parlant.

Rafe prit une brusque inspiration, sacrément choqué que Ian le reconnaisse. Cet homme qui n'avait jamais montré de faiblesse en grandissant.

Merci mon Dieu.

Sassy grogna puis se décala pour pouvoir se lever.

— Non. Ne fais pas ça. C'est peut-être moi qui

vous ai quitté tous les deux, mais c'était parce que vous m'aviez déjà abandonnée.

Des larmes coulèrent sur ses joues et Rafe se leva, incapable de se retenir plus longtemps. Il effleura les joues de la jeune femme et elle s'éloigna.

— Ne fais pas ça, chuchota-t-elle.

— Je ne suis jamais parti, Sass. Peu importe ce que tu penses, je ne suis jamais parti.

Il s'occuperait de Ian dans un moment, mais pour le moment, Sassy devait savoir quelle était sa position. Rafe prit le visage de la jeune femme en coupe, saisissant ainsi son cœur entre ses mains en baissant la tête. Leurs lèvres s'effleurèrent et il replongea dans les souvenirs de ce qu'ils avaient un jour été.

Elle avait le goût de sucre et d'épices. Il mourait plus que jamais d'envie de la goûter. Elle s'éloigna à nouveau et renifla.

— Vous devez partir. Tous les deux. Je suis... Je suis désolée de vous avoir quittés et d'avoir tout brisé, mais je ne peux pas faire ça. Je suis passé à autre chose et je sais que ça doit être le cas pour vous deux, aussi. S'il vous plaît. Laissez-moi vivre ma vie sans vous deux. Je l'ai fait pendant dix ans, je peux recommencer.

Ian se leva et alla se placer à leurs côtés.

— On te laissera tranquille, ce soir.

Rafe ouvrit la bouche pour parler et Ian secoua la tête.

— Non, on va la laisser, Rafe. Sassy a traversé suffisamment de choses, ce soir. C'était un choc pour elle de nous voir. Mais, Sassy chérie, nous *allons* revenir. Ou si tu veux nous revoir avant, nous sommes dans mon vieux loft.

Sassy ouvrit la bouche en grand.

— Vous... Vous êtes de retour ?

Ian sourit, mais pas d'un air gentil. C'était plutôt une promesse déterminée.

— Rafe et moi revenons tous les deux à La Nouvelle-Orléans pour de bon. Nous aurions pu rester loin pour des raisons personnelles et être séparés encore plus longtemps, mais maintenant ? Nous sommes à la maison et nous voulons que tu sois avec nous. Prends ton temps. Réfléchis. Mais sache que ce n'est pas terminé.

Sur ses mots, Ian déposa un léger baiser sur les lèvres de la jeune femme avant de partir vers la porte. Rafe saisit le menton de cette dernière et l'obligea à le regarder.

— Je sais que c'est douloureux, mais on doit parler et ce soir, ce n'était pas le moment pour plus de quelques mots et quelques larmes. Tu m'as manqué, ma *cariña*. Ne t'enfuis pas. Tu ne me rendras la chasse que plus difficile.

Il l'embrassa une fois de plus, puis suivit Ian à l'extérieur, laissant une Sassy ébahie dans leur sillage.

Cela ne s'était pas aussi bien déroulé qu'il l'avait espéré, mais il repartait avec bien plus que ce à quoi il s'était attendu.

La base avait été établie et il était temps de voir ce qui arrivait. Il reviendrait à La Nouvelle-Orléans pour son avenir, et s'il avait quelque chose à dire là-dessus, alors cet avenir inclurait Ian et Sassy.

Rafe les avait perdus auparavant... il ne voulait pas que ça se reproduise.

CHAPITRE TROIS

— NOM DE DIEU, je n'arrive pas à croire que nous ayons fait ça, marmonna Ian Steele encore une fois en sirotant son café.

Il avait très mal dormi, la veille, et si l'on ajoutait à cela la baisse d'adrénaline après avoir vu Sassy, son corps avait besoin d'un boost supplémentaire de caféine.

Rafe et lui étaient revenus chez Ian après avoir laissé une Sassy fragile seule, pour qu'elle retrouve sa force, ou du moins, il espérait qu'elle était en train de le faire. Rafe avait son propre appartement en ville, mais les deux hommes avaient décidé que s'ils voulaient retrouver ce qu'ils avaient eu auparavant, ils devaient rester ensemble et apprendre qui ils étaient désormais.

Rafe avait dormi dans la chambre d'ami, puisqu'ils n'étaient pas prêts pour quelque chose de plus, et ils avaient tous les deux admis tacitement qu'ils avaient d'abord besoin que Sassy revienne vers eux.

— Tu sais, c'est la dixième fois que tu dis quelque chose de ce genre depuis qu'on est parti de chez elle, hier soir, l'informa Rafe.

Il se rassit sur le tabouret de bar à côté de lui.

— Je vais continuer de le dire jusqu'à ce que tu l'assimiles.

Il posa le reste de son café puisqu'il était devenu froid pendant qu'il réfléchissait. Il se leva pour aller chercher une autre tasse. Il vivait de cet élixir noir quand il était au travail, donc il savait que ce jour-là, il engloutirait au moins une demi-cafetière.

Ian observa l'homme qui avait un jour été son meilleur ami, son amant, son avenir potentiel, et il soupira. Il ignorait totalement comment il avait fini dans cette situation, mais bon sang, il aimait ça.

Ou du moins, il aimerait quand les choses seraient réglées.

Si elles l'étaient un jour.

Rafe lui sourit, de cet air extrêmement sexy, aussi séduisant que lorsqu'il était plus jeune. Cet homme avait les bras recouverts de tatouages qui semblaient plus voyants que ceux de Sassy. Ces deux ensembles de dessins étaient nouveaux. La dernière fois qu'il avait vu Sassy et Rafe, ils avaient tous les deux des tatouages sur l'épaule et sur le dos, mais c'était à l'époque.

Les années s'étaient écoulées et l'encre avait continué de couler.

Ian avait le dos recouvert, mais il s'était fait ça après avoir quitté Rafe et Sassy. Ils n'avaient pas vu cette œuvre, et pour une raison quelconque, Ian en était nerveux. Il s'était dit qu'il s'était fait ce tatouage pour se rappeler qu'il allait de l'avant, pourtant, en y repensant, c'était plus pour se souvenir de ce qu'il avait laissé derrière lui.

Rafe se releva et marcha derrière lui, faisant attention à ne pas le toucher. Ian ressentit un picotement dans son cœur en remarquant son geste. Même si tous les deux, ils avaient facilement trouvé leur rythme, depuis qu'ils étaient de retour à La Nouvelle-Orléans, cela faisait longtemps qu'ils ne s'étaient pas vus et les barrières entre eux semblaient monumentales.

Ils étaient sacrément jeunes lorsqu'ils s'étaient rencontrés et ils avaient pensé pouvoir gérer cette nouvelle relation excitante. À vingt-cinq ans, avec le monde au bout des doigts, grâce à la famille dont il était issu, il pensait que rien ne pourrait l'atteindre.

Il était tombé amoureux de Sassy, cette femme vive et féroce, avec des secrets qu'il ne pourrait jamais totalement découvrir, ainsi que de Rafe, l'homme qui venait d'un monde différent du sien, dans presque tout ce qui comptait.

Si Ian était le fruit des vieilles fortunes et de la sophistication, Rafe était allé dans un centre de détention juvénile alors même que sa famille était plus aimante que celle de Ian. Ils s'étaient rencontrés quand ce dernier avait crevé, sur la route, et que, curieusement, il n'avait pas de roue de secours dans son coffre. Il n'avait jamais autant eu l'impression d'être un idiot qu'à ce moment-là. Sa mère avait admis plus tard qu'un jour, elle avait crevé en lui empruntant sa voiture et elle ne lui en avait jamais parlé.

Il l'avait rapidement pardonné, puisqu'il avait rencontré Rafe ce jour-là. Ils avaient immédiatement commencé une amitié, et lorsqu'il était allé chez le tatoueur et qu'il avait vu Sassy à la réception, Ian avait été perdu. Rafe et lui avaient vraiment eu envie de se faire tatouer quand ils étaient entrés chez *Midnight Ink*. Cela n'avait pas été un mensonge. C'était une des raisons de leur présence, même si ce n'était pas la plus importante.

Rafe s'était rendu dans les bureaux de New York de Ian, après plus de dix ans sans se voir, sans se parler, créant ainsi la surprise. Dernièrement, il avait davantage pensé à Rafe et Sassy que d'ordinaire, puisqu'il

CARRIE ANN RYAN

avait prévu de réaménager à La Nouvelle-Orléans. Rafe était venu lui proposer de réessayer avec Sassy.

Il n'y avait pas vraiment eu de raison de dire non.

En fait, il lui avait fallu toute la détermination du monde pour ne pas contourner son bureau luxueux, coller Rafe contre le mur et sceller leurs retrouvailles.

Il savait que Rafe avait eu besoin de beaucoup de courage pour retrouver Ian après tant de temps, mais ce dernier avait le sentiment que si son ex-amant n'était pas venu le retrouver, il aurait lui-même retrouvé Rafe dès la fin de son déménagement à La Nouvelle-Orléans, avant de s'occuper de Sassy.

Cela faisait suffisamment longtemps.

Lorsqu'ils étaient plus jeunes, ils s'étaient tous les trois entendus comme larrons en foire et s'étaient rapidement retrouvés au lit. Il ne s'était rendu compte que bien plus tard que ce qu'ils faisaient n'existait pas dans la plupart des groupes sociaux. Ils avaient simplement vécu le moment. Rafe et lui avaient toujours été bisexuels, même s'ils préféraient les femmes, et partager Sassy entre eux deux avait semblé être l'étape suivante, logiquement.

À ce moment-là, cela n'avait pas paru bizarre.

À ce moment-là, ce n'était *pas* bizarre.

En revanche, Ian avait été un putain d'idiot, réfléchissant deux fois, trois fois à ce qu'ils faisaient et

40

comment cela pourrait influencer sa vie. Il avait laissé les préjugés de sa famille et les siens l'éloigner émotionnellement de la relation qui avait pourtant été l'une des seules bonnes choses dans sa vie.

Ils étaient peut-être jeunes, mais ils avaient fait ça comme il fallait.

Et il avait tout gâché.

Rafe prit son visage en coupe et tourna son corps pour qu'ils soient torse contre torse. Même s'ils portaient tous les deux un tee-shirt et un bas de pyjama, Ian pouvait sentir la chaleur émaner du jeune homme. Ils faisaient pratiquement la même taille, si ce n'était les deux centimètres qu'il avait de plus que Rafe. Ce qui signifiait que Ian pouvait fixer ces iris couleur de miel et se plonger entièrement en elles.

Il ne s'était jamais imaginé comme un romantique. Non, cela avait toujours été le rôle de Rafe. Rafe, avec sa chaleur et son sourire envers tous ceux qui comptaient pour lui, même malgré son allure de mauvais garçon qu'il brandissait comme un bouclier face aux autres.

Ian d'un autre côté était plus cool et distant. Il l'avait toujours été, puisqu'il avait été élevé de cette manière. Il était le seul fils de l'Empire Steele et avait les milliards pour le prouver. Il n'avait pas besoin de travailler et pouvait laisser le Conseil d'administration se charger de tout pour lui, mais il aimait avoir le contrôle, le pouvoir de prendre ses propres décisions et de trouver des façons de profiter davantage de ce qu'il avait.

— Où es-tu, *mi corazón* ? s'enquit Rafe d'une voix sexy que Ian avait un jour aimée et sous laquelle il retombait sous le charme.

Ian souffla et posa son front sur celui de Rafe ayant besoin de réconfort, même s'il n'était pas prêt pour la prochaine étape.

— Pense au passé, à ce qu'on fait, là.

Rafe éloigna ses mains et passa ses bras autour de la taille de Ian. Ce dernier n'hésita qu'un moment avant de faire la même chose. Il posa sa tête sur l'épaule de Rafe, inspirant cette odeur épicée qui avait toujours été une drogue dangereuse pour lui.

— Ces dernières semaines ont été bizarres, c'est sûr, marmonna Rafe à l'oreille de Ian.

Ce dernier ne put s'empêcher de sourire.

— Mais qu'est-ce que tu fais ? demanda Ian.

Il recula et s'appuya contre le plan de travail.

Rafe prit une grande inspiration et secoua la tête.

— Je croyais qu'on avait déjà réglé ça avant d'aller chez Sassy.

— Réglons-le à nouveau, parce que nous venons juste de détruire son monde paisible et je me sens vraiment comme un crétin.

Rafe plissa les yeux.

— Ce n'était pas seulement ma faute. J'ai peut-être lancé la boule, mais tu étais juste à côté de moi.

Ian passa une main dans ses cheveux et soupira. Il devait vraiment se faire couper les cheveux, mais il avait été trop déconcentré en s'inquiétant de tout ce qu'il se passait dans sa vie pour s'en préoccuper. En plus, il savait que Sassy et Rafe appréciaient quand ils étaient longs.

— Ça faisait dix ans, Rafe. On a tous les deux déménagé à New York quand Sassy nous a laissés et pourtant pendant tout ce temps, on ne s'est pas parlé. Pourquoi ?

Rafe s'appuya contre l'autre plan de travail et croisa les bras sur son torse immense (et sexy). Bon sang, il devait arrêter de penser avec sa queue pour commencer à réfléchir avec son cerveau, sinon il aurait des ennuis.

À nouveau.

— Tu ne m'as jamais contacté non plus, Ian. On voulait couper les ponts quand Sassy est partie, même si tu nous avais quittés longtemps avant ça.

Ian ignora le coup de poignard dans son cœur, puisque Rafe ne disait rien qu'il ne savait déjà.

— Je... tu n'imagines pas à quel point je suis désolé d'avoir mis de la distance entre nous trois, déclara enfin Ian, après un silence tendu.

Rafe écarquilla les yeux.

— Je n'aurais jamais cru t'entendre dire ça.

— Quoi ? Tu ne penses pas que je suis désolé ? Tu ne penses pas que je puisse l'admettre quand je fais des erreurs ? J'ai agi comme si j'étais mieux que vous deux, comme si j'avais honte de ce qu'on avait. Parce que, bordel, j'avais honte.

L'expression de Rafe donnait l'impression que Ian venait de lui donner un coup de poing dans le ventre et celui-ci jura. Qu'ils soient maudits, lui et sa grande bouche pour avoir le don de parler sans réfléchir.

— Merde, ce n'était pas ce que je voulais dire.

Rafe leva une main.

— Tu viens de le dire et tu ne dis jamais rien sans le penser à un certain niveau. Tu es de glace, Ian. Nous le savons tous les deux.

Ian passa une main dans ses cheveux, dans un geste rapide et saccadé.

— Merde. Oui, j'avais honte de ce que nous avions, mais pas parce que c'était mal. Comprends-moi bien. Tu sais qu'un trouple dans la vraie vie est presque sans précédent. Les gens ne voient pas ça comme une relation légitime. Ils le voient plus comme quelque chose pour la chambre à coucher et même à ce moment-là, la relation devrait se dérouler en secret, sans qu'on en parle jamais. Les gens ne comprennent pas qu'il y a de vrais sentiments, enfin, il y en avait, pour nous.

— Et par les gens, tu veux dire ta famille, déclara sèchement Rafe.

Ian grimaça.

— Oui, eux et tous ceux qui étaient dans ma vie et qui n'appartenaient pas au trouple. Je me suis comporté comme un putain d'idiot et nous le savons tous les deux. Sassy le sait, aussi. Nom de Dieu, si je pouvais revenir en arrière et corriger ce que j'ai fait, je le ferais. Je vous ai tous les deux fait du mal parce que j'avais trop peur de découvrir ce que je ressentais et comment le gérer. Je vous aimais tous les deux, tu dois me croire.

Nom de Dieu, il ne l'avait jamais présenté ainsi, auparavant, mais bon sang, il n'allait pas retenir ce qu'il avait sur le cœur, comme il l'avait fait précédemment. Du moins, il espérait qu'il ne le ferait pas.

Les traits de Rafe se radoucirent en quelque sorte, mais il ne sourit pas. Ce sourire manquait déjà à Ian, et à cause de cette sensation, il savait qu'il était déjà profondément impliqué. Est-ce que cela avait de l'importance ? Il l'ignorait.

— En plus, Rafe, il y a dix ans, une relation avec toi et rien que toi aurait déjà été un scandale pour le monde dans lequel j'ai grandi. Les choses ont changé pour le mieux à ce niveau-là, lors de cette dernière décennie, mais à ce moment-là, il m'aurait fallu une force que je n'avais pas pour être honnête avec moi-même et avec vous deux. Je suis tellement désolé, Raf, tellement désolé de t'avoir fait du mal en faisant comme si je valais mieux que ce que nous avions, et en m'éloignant. Je suis désolé de ne jamais vous avoir présentés, toi et Sassy, à ma famille et à mon cercle social. Je n'ai vraiment eu honte qu'une seule fois dans ma vie et ce n'était pas à cause de ce que nous étions, mais comment je l'ai géré.

Rafe ferma les yeux, son corps se tendant et ne bougeant plus. Ian en avait-il dit trop ? Il savait que tout ce qu'il se passerait, depuis que Rafe était venu dans son bureau de New York pour parler de leur avenir, serait plus que difficile.

Il priait juste pour que cela vaille la peine.

Cela *devait* en valoir la peine.

— Encore une fois, tu me laisses sans voix, chuchota Rafe. Tu aurais dû nous parler, à Sassy et moi à ce moment-là. Tu le sais. Je le sais. Et je suis presque sûr que Sassy le savait. Nous étions plus forts ensemble que nous ne l'avons jamais été séparés. Tu t'es éloigné et Sassy a eu peur. Elle nous a laissés avant qu'on puisse lui faire du mal. Mais tu sais, en vérité, nous lui avons quand même fait du mal. C'est peut-être moi que vous avez tous les deux abandonné, mais j'ai commis des erreurs aussi. Je ne me suis jamais battu pour toi, je ne me suis jamais battu pour Sassy. J'ai juste laissé tout cela se produire et j'ai fui à New York, la queue entre les jambes. Je ne savais pas ce que je voulais faire de ma vie, alors j'ai saisi ma chance et je me suis enfui.

Ian posa les mains sur les joues de Rafe qui fut surpris que son amant prenne l'initiative cette fois-ci. Il avait toujours eu le contrôle, par le passé, pourtant cela faisait longtemps et il ne savait pas où était sa place. Il faudrait beaucoup d'essais et d'erreurs entre eux pour qu'ils trouvent leur équilibre.

Ian était étrangement intrigué à l'idée de savoir comment tout cela fonctionnerait.

— On est un couple d'épaves rongées par la culpabilité, hein ? s'enquit Ian d'une voix profonde et rauque. Mais qu'est-ce qu'on fait, Rafe ?

— On essaie de bâtir un avenir, déclara Rafe après un moment. On était jeunes quand on s'est trouvés et qu'on s'est brisés pour la même raison. Maintenant, on est plus vieux et, avec un peu de chance, plus sages aussi, Ian. On a tous les trois notre propre vie, toi, avec ton entreprise, moi, avec les garages et Sassy avec la famille qu'elle semble s'être créée. On va devoir découvrir comment on peut tenir dans le monde des autres, tout en bâtissant quelque chose ensemble.

— Je suis venu à La Nouvelle-Orléans pour me construire une vie, déclara Ian. J'ai grandi ici et à New York, parce que mes parents avaient des maisons dans ces deux villes. J'ai fait de New York mon foyer quand je suis parti parce que je me disais que c'était là que je pouvais faire les meilleures affaires... et je ne pouvais pas rester après ce qu'il s'était passé.

— Ma famille a toujours vécu ici, mais je reste pour de bon maintenant, puisque j'en ai marre de fuir. J'en ai marre d'essayer d'être heureux avec ce que j'ai quand je sais que j'avais mieux avant, déclara Rafe avant de sourire. En plus, ma mère veut des petits-enfants, et elle veut qu'ils soient près d'elle, donc rentrer à la maison me paraissait logique.

— Des petits-enfants ? s'étouffa Ian.

Nom de Dieu. Ils en étaient à cette étape ? Il n'avait même pas décroché plus de quelques mots à Sassy et aucun d'entre eux n'avait été la véritable excuse qu'elle méritait.

Rafe rejeta la tête en arrière et rit.

— Les petits-enfants, c'est ce que les mères, surtout la mienne, désirent plus que tout. Toi et moi, nous savons que nous sommes loin d'être prêts à penser à tout ça. Même si, tu sais, on ne rajeunit pas.

Il prononça sa dernière phrase avec un sourire narquois sur le visage et Ian leva les yeux au ciel.

— Allons-y étape par étape, tu veux bien ?

Il s'éloigna du comptoir et retourna vers son tabouret. Rafe le suivit après avoir servi un café à chacun.

— Merde, j'avais oublié que je m'étais levé pour prendre du café. Merci.

Il prit la tasse et sirota sa boisson.

— Je n'ai même plus l'impression que ma tête est rattachée à mes épaules, au point où j'en suis.

— Tu es adorable quand tu es tout troublé, dit Rafe en battant des cils.

Le café que Ian venait de boire le brûla en passant par le mauvais trou, ce qui le fit tousser et lui mit les larmes aux yeux.

— S'il te plaît, ne recommence plus jamais ça, rit-il.

Il essuya les éclaboussures avec un torchon qu'il trouva non loin.

— Tu sais que tu m'aimes, dit Rafe avant de fermer la bouche comme s'il en avait trop dit.

Ian posa son café ainsi que le torchon, se relevant ensuite pour être près du jeune homme. Celui-ci écarta les jambes et Ian se glissa entre elles, ayant besoin de se rapprocher. Les poils qu'il avait sur le bras se hérissèrent quand la chaleur et la tension dans la pièce grandirent, mais il l'ignora, se concentrant uniquement sur Rafe.

Il passa un doigt sur la barbe de Rafe, avant de parcourir son crâne, les cheveux courts passant entre ses doigts.

— Tu le sais. Je t'aime. Je n'ai jamais cessé. Pas vraiment. J'aimais l'homme que tu étais et d'après ce que j'ai vu, j'aime qui tu es maintenant. Je sais qu'une fois qu'on découvrira qui nous sommes, depuis que nous avons grandi, je tomberai encore plus amoureux de toi.

Il se lécha les lèvres, sacrément effrayé de s'être dévoilé devant Rafe. Il n'avait jamais prononcé ces mots auparavant. Il avait eu trop peur de ce qu'il devenait pour être honnête, non seulement avec lui, mais avec ceux qui l'entouraient.

Les choses étaient différentes, désormais. S'il se lançait à corps perdu, il allait le faire selon ses propres termes et mettrait tout ce qu'il faudrait dans la relation.

Il ne se retenait plus, désormais.

Il regarda la pomme d'Adam de Rafe s'agiter quand celui-ci déglutit difficilement. Il n'était pas sûr que Rafe soit prêt pour ces mots ou la signification qui se cachait derrière, même si c'était lui qui avait commencé. Ian décida donc de le laisser tranquille.

Ou du moins, aussi tranquille que possible.

Les yeux de Rafe s'assombrirent, son souffle s'accéléra et Ian baissa la tête. Leurs lèvres s'effleurèrent et Ian gronda. La sensation de la bouche de l'autre homme lui manquait. Il lécha le sillon des lèvres de Rafe et son amant s'ouvrit pour lui, grognant également. Ian approfondit le baiser, leurs langues se heurtant, leurs goûts se mêlant. Il recula légèrement pour mordiller les lèvres de Rafe, apaisant le picotement avec sa langue, puis il recommença à l'embrasser puisqu'il en mourait d'envie depuis que Rafe était entré dans son bureau de New York pour lui présenter son plan.

Ian saisit le visage de Rafe, ayant besoin de le rapprocher. Les cuisses de ce dernier se resserrèrent autour de la taille de Ian, l'obligeant à cambrer légèrement les hanches à cause de cette pression. Rafe se retira dans un halètement et Ian fit glisser sa bouche sur le cou de son amant, ayant besoin de plus, exigeant plus.

Rafe posa les mains sur les fesses de Ian, le serrant. Celui-ci se cambra davantage, son membre étirant son pantalon et frottant contre le ventre de Rafe.

Même s'ils étaient tous les deux consentants, de toutes les façons possibles, Ian savait qu'ils allaient trop vite. Ils avaient besoin que Sassy complète ce qu'ils avaient et ils souhaitaient tous les deux attendre. À contrecœur, il s'éloigna, appuyant son front contre celui de Rafe.

Ils respiraient tous les deux lourdement. Ian dut fermer les yeux un moment pour se reprendre. Mon Dieu, comme le goût de Rafe lui avait manqué, ainsi que ses baisers légèrement plus brusques qu'avec Sassy. Il aimait leurs deux styles et lorsqu'ils étaient tous les trois, c'était toujours si explosif que Ian se contenait à peine.

— Ça... ça m'a tellement manqué.

Ian ouvrit les yeux et recula, se retournant en entendant cette voix chérie qui n'appartenait pas à Rafe.

— Sassy..., souffla-t-il.

Il était incapable de comprendre ce qu'il voyait.

Elle lui offrit un petit sourire, les mains jointes devant elle. Cette attitude réservée ressemblait si peu à Sassy que cela le surprit. Rafe se tenait à côté de lui, le poussant presque par terre dans son élan. Ian se décala légèrement pour que Rafe ait de la place, mais leurs hanches se touchaient encore.

— Je suis désolée. Je me suis permise d'entrer. Ton portier s'est apparemment souvenu de moi et m'a laissée monter.

Ian cligna des yeux. Il avait l'un des plus beaux lofts de La Nouvelle-Orléans, et le portier travaillait pour sa famille depuis plus de vingt ans. Évidemment que l'homme s'était souvenu de Sassy.

Personne n'oubliait Sassy.

Ian prit une grande inspiration et acquiesça.

— Ne sois pas désolée. Je suis ravi qu'il t'ait laissé entrer.

Il sentit le rouge qui montait dans son cou en pensant à ce qu'elle venait de surprendre. Elle avait peut-être dit que cela lui avait manqué, mais se sentait-elle à l'écart ?

— Ne fais pas cette tête, Ian. Rafe non plus. Je n'ai

jamais été jalouse de ce que vous partagiez. Tout comme vous n'avez jamais été jaloux de ce qu'on partageait, les uns avec les autres. Mon Dieu, les mecs. Ce que vous venez tout juste de faire ? Ce baiser mignon et pourtant super sexy ? Ça veut *tout* dire pour moi. Vous vous reteniez, l'un avec l'autre, au début, et ça m'a toujours tué quand vous le faisiez. Mais vous voir vous embrasser et sentir cette chaleur me donne l'impression que la raison pour laquelle je suis ici est la bonne.

Ian cligna des yeux, puis contourna le bar pour se rapprocher d'elle. Il sentit Rafe sur ses talons et aimait le savoir, puisqu'il avait besoin de la force inhérente qu'il ne possédait apparemment pas lui-même pour le moment.

— Qu'est-ce que tu veux dire ? demanda Rafe.

Elle les regarda l'un après l'autre et prit une grande inspiration.

— Je veux dire que je suis prête à arrêter de cacher ce que nous étions. Je ne dis pas que je suis prête pour un engagement total, comme vous semblez le dire tous les deux, mais je suis prête à y aller petit à petit.

Le soulagement heurta si brutalement Ian qu'il faillit tomber à genoux.

Rafe fit un pas en avant et Ian faillit le suivre, mais Sassy leva une main.

— Laissez-moi deux semaines.

— Quoi ? s'enquit-il.

— Deux semaines où on boira juste du café et on dînera peut-être ensemble. On peut apprendre à découvrir ce qu'on est, maintenant. Je ne sais même pas ce que vous faites dans la vie. Pas vraiment. Laissez-moi deux semaines pendant lesquelles on ne se touche pas, on ne s'embrasse pas et on ne cède pas à la chaleur qu'on ressent tous. Je veux m'assurer que nous apprécions les personnes que nous sommes devenues, et non les personnes que nous étions.

Ian acquiesça, appréciant cette idée. Les choses progressaient vite, ainsi. Il était un planificateur et il aimait connaître tous les faits avant de prendre une décision. Même s'il en avait déjà pris une avec son cœur, ce temps de réflexion serait bon pour son cerveau.

— Tout ce que tu veux, Sass, chuchota Rafe. Mais écoute-nous.

Elle leur lança un sourire tremblant avant de relâcher ses épaules.

— J'espère que vous savez tous les deux dans quoi vous vous engagez. Je suis *la* Sassy, après tout.

Rafe ricana.

— Il y a une histoire derrière ça, n'est-ce pas ?

Elle sourit de toutes ses dents et les genoux de Ian faiblirent à nouveau.

— Bien sûr. C'est juste une chose de plus que vous devrez apprendre.

Même s'il lui fallait une centaine d'années, il n'était même pas sûr de découvrir toutes les nuances de cette femme, néanmoins, il savait qu'il ferait tout ce qui était en son pouvoir pour que cela arrive.

C'était leur seconde chance et il ne la gâcherait pas.

CHAPITRE QUATRE

QU'ÉTAIENT deux mois de célibat comparés à tous ceux qu'elle avait passés sans s'envoyer en l'air avant ça ?

Sassy grogna et se cogna la tête contre le mur. Étant donné que pendant ces deux semaines, lorsqu'elle n'était pas à la boutique, elle était collée à Rafe et Ian, le manque de sexe allait sûrement la tuer. Elle n'avait pas couché avec eux depuis dix ans. Qu'étaient deux semaines supplémentaires ?

D'accord, elle n'avait pas été près d'eux pendant dix ans, donc cela avait rendu le tout plus facile, mais tout de même, elle était une adulte qui pouvait contrôler ses désirs.

Ou presque.

Elle avait confiance en elle, c'était une femme

moderne, donc cela ne lui paraissait pas bizarre de s'occuper de ses propres orgasmes quand elle en ressentait le besoin. Ce n'était qu'une coïncidence si Rafe et Ian étaient au centre de ses fantasmes chauds et obscènes, lorsqu'elle laissait sa main glisser entre ses jambes.

Bon sang, elle devait arrêter de penser au sexe et à tout ce qui allait avec. Ses tétons étaient constamment durs et elle était presque sûre que ses genoux faibliraient rien qu'en imaginant les deux hommes la toucher.

Elle n'était *pas* une étudiante niaise et refusait de s'autoriser à en devenir une.

Cela faisait deux semaines qu'elle avait surpris Ian et Rafe, dans la cuisine, en train de s'embrasser comme si demain n'existait pas...

Non, elle ne pouvait penser à la façon dont ils s'étaient tous les deux fondus l'un contre l'autre dans cette chaleur. Elle devait rester calme avant que les mecs arrivent. Si elle était toute chaude et rougie, ils sauraient ce à quoi elle avait pensé.

Ils le savaient toujours.

Pendant deux semaines, elle avait bu des cafés, dîné et déjeuné occasionnellement avec Rafe et Ian. Elle avait pris un café avec Ian, dîné avec Rafe, et était sortie avec eux deux, aussi. Elle aimait qu'ils apprennent à se connaître séparément, mais aussi ensemble. En plus, elle savait que Rafe et Ian voudraient également être seuls. Ils se sentaient toujours tous les trois, même quand ils avaient leurs relations individuelles.

Elle aimait apprendre qui étaient ces hommes maintenant, même si elle savait qu'ils fouilleraient à nouveau dans le passé. Si cela (peu importe ce que *cela* était) fonctionnait, ils passeraient outre ces obstacles.

Les obstacles qu'elle avait aidé à mettre en place dix ans plus tôt.

On frappa à la porte, ce qui la sortit de sa rêverie, et elle secoua la tête. Après avoir lissé sa robe, elle ouvrit la porte d'entrée.

Le picotement qui traversa son corps rien qu'en les voyant ne manquait jamais de la stupéfier.

Ils se tenaient côte à côte, tous les deux mystérieux dans leur allure et leur désir. Ian avait laissé ses cheveux détachés, les mèches noires sexy retombant sur ses épaules et réclamant d'être touchées. Il se rasait à cause de son travail dans le domaine bien visible de l'immobilier, mais ce soir, il avait gardé une barbe de trois jours qui le rendait encore plus dangereusement sexy.

Rafe arborait également une barbe, mais un peu plus longue. Ses iris couleur miel brûlèrent quand il observa le corps de Sassy et elle retint un délicieux frisson.

Deux semaines de rencards décontractés avec ces deux-là n'avaient pas été suffisantes.

Aujourd'hui était la fin de la limite de temps qu'elle avait établie avec eux. Elle allait s'empêcher de leur sauter dessus et de se frotter à eux comme une chatte en chaleur au moins un jour de plus.

Peut-être.

Ian lui sourit et elle cligna des yeux. Bon sang. Elle aimait quand il souriait et il ne le faisait pas assez souvent.

— Tu vas nous laisser entrer, Sassy ? s'enquit-il d'une voix rauque pleine de promesses. Ou est-ce qu'on doit rester sur le pas de ta porte pour tout le rencard ? Je ne sais pas si ça me dérangerait, étant donné que j'adore ton look dans cette robe. Tes longues jambes sont super sexy et je sais qu'elles le seraient encore plus autour de ma taille. Tout comme celles de Rafe.

Le petit gémissement qui franchit les lèvres de Sassy ne la surprit pas, au contraire de celui de Rafe. Il semblait que les deux hommes étaient tout aussi excités qu'elle.

Deux semaines de tentation avaient peut-être été une bonne idée pour son cœur, mais son corps en voulait plus.

Maintenant.

Elle recula, sans voix, et agacée de ne rien pouvoir dire.

Elle était *la* Sassy.

Elle n'était pas une petite fille innocente qui n'arrivait pas à parler devant les hommes.

Elle *agissait* simplement comme si elle l'était, à ce moment-là.

Qu'ils soient tous les deux maudits.

Rafe et Ian entrèrent d'un pas traînant dans la pièce, comme deux chats sauvages avec leurs muscles fins. Ian portait un costume parfaitement taillé, évidemment fait sur mesure et qui coûtait probablement plus que ce qu'elle gagnait en six mois, tandis que Rafe était bien plus décontracté et portait un beau jean haut de gamme avec une chemise. Ils étaient si différents l'un de l'autre, mais les alphas qui vivaient sous la surface (et qui, parfois, apparaissaient clairement) lui donnaient envie d'incliner la tête et de se dégager le cou, se préparant pour que ses hommes la dévorent comme ils le souhaitaient.

Elle en avait assez de tout ça.

— Alors, quel est le plan, aujourd'hui ? C'est la première fois qu'on a un jour de libre, tous les trois.

Les deux hommes avaient pris un jour de congé plutôt que d'attendre leur activité nocturne. Elle avait également demandé une journée de libre à *Midnight*

Ink, que tout le monde avait approuvé avec enthousiasme.

Apparemment, elle avait été un peu plus hargneuse que d'habitude.

Ce n'était pas sa faute si elle était en manque et lunatique.

D'accord, alors peut-être que c'était partiellement sa faute, mais une femme ne l'avouait jamais.

Rafe s'appuya contre son canapé, tandis que Ian se positionna à côté de lui, le regard sur elle.

— Rafe et moi n'avons rien prévu d'autre que de se promener dans le quartier historique. Ça fait un moment qu'on ne vit plus là-bas.

Il grimaça et Sassy se sentit mal pour lui. Faire référence à leur passé partagé était comme traverser un champ de mines.

Elle haussa les épaules pour oublier sa réflexion et partit vers la cuisine, ayant besoin de boire quelque chose avant qu'ils sortent.

— Je suis partante pour tout ce que vous voulez faire.

Et à ce moment-là, elle voulait vraiment dire « tout ce que vous voulez ».

— Je me prends un verre d'eau. Vous en voulez un ?

Rafe secoua la tête.

— Si tu ne veux pas sortir, on peut rester là et traîner. Je sais que nous n'avons pas pu passer beaucoup de temps tous les trois, en privé.

Il avança vers elle, la suivant vers le frigo. Elle avait une cuisine ouverte sur le salon, donc ils pouvaient se voir tous les trois, peu importait où ils tenaient dans la pièce, tant qu'ils n'allaient pas dans les chambres.

— C'est difficile de parler des sujets sérieux en public, ajouta Ian.

La main de Sassy se serra autour de son verre.

Bien. Ils allaient parler. Tout dévoiler au grand jour.

Il était sacrément temps.

— J'ai déjà dit que j'étais désolé, Sassy, mais bon sang, je suis carrément désolé d'être parti.

L'aveu de Ian la surprit, sa franchise la faisant oublier sa paresse matinale et la ramenant dans son passé. Ils s'étaient déjà excusés, mais les mots n'étaient pas suffisants. Ils le savaient tous.

Mais que faisait-elle ?

— C'est tellement bizarre ! s'exclama Sassy.

Elle posa son verre et leva les mains.

Rafe cligna des yeux, mais Ian ne bougea pas.

— Vous ne le voyez pas ? demanda-t-elle. Nous sommes des adultes, qui y vont tout doucement comme si notre relation était un marché financier, et on ne parle même pas de ce qui compte. Mais qu'est-ce qu'on fout, là ?

Rafe se leva et avança vers elle.

— On se retrouve, répondit-il simplement.

— Nous reformons une relation, ajouta Ian.

— Pourquoi fait-on ça ? Pourquoi maintenant ? Pourquoi ne puis-je pas vous laisser tomber tous les deux ?

Cette dernière partie lui avait échappé et elle ferma les yeux. Ce n'était pas ce qu'elle avait voulu dire, pas vraiment, même si cela devait être dit.

Rafe prit son visage en coupe dans un mouvement rapide, ses paumes rêches et ses doigts calleux se resserrant avec précaution.

— Pourquoi fait-on ça ? chuchota-t-il. Parce qu'on en a envie. Parce qu'on en a *besoin*. Nous étions quelque chose, il y a dix ans, et je sais que si les choses avaient été différentes, nous aurions créé une véritable relation. Tu ne sens pas l'alchimie entre nous trois ? Tu ne sens pas la chaleur ? On ne peut pas l'ignorer juste parce qu'on a peur. Ça ferait de nous des putains de lâches. Et toi, Sassy, tu n'es pas une lâche.

Ian arriva derrière elle, comme il le faisait si longtemps auparavant. Il posa les mains sur ses hanches, tandis que ses lèvres glissaient contre l'oreille de la jeune femme.

— Moi aussi, j'ai peur, Sassy. J'ai tellement peur qu'on foute tout en l'air parce qu'on ne sait pas ce qu'on fait. Mais tu sais quoi ? On est plus vieux, maintenant. Peut-être même plus sages. On va apprendre de nos erreurs et on va recommencer ensemble. C'est ce que je veux. C'est ce que Rafe veut et j'espère, je prie pour que ce soit ce que tu veux aussi.

Ne leur avait-elle pas dit que c'était ce qu'elle voulait ? Parce que c'était carrément le cas. Ce n'était pas parce qu'elle le voulait que ce serait bon pour elle.

Elle s'éloigna, ayant besoin d'air. Elle n'aimait pas cette version fadasse d'elle-même et elle savait que si elle ne leur disait pas exactement ce qu'il s'était passé avant, elle ne pourrait pas aller de l'avant.

— Lorsque je vous ai quittés tous les deux, je n'avais nulle part où aller, commença-t-elle.

— Sassy...

La voix peinée de Rafe l'obligea à secouer la tête.

— Laissez-moi d'abord vous raconter ce qu'il s'est passé. J'ai besoin de dire ce que j'ai sur le cœur. Ensuite, on pourra aller de l'avant. Parce que sachez que je ne serais pas avec vous deux si je ne le voulais pas. Mais ce que je veux, et mon état d'esprit sont deux choses différentes apparemment.

— Alors, raconte-nous, Sass, déclara Ian.

— J'imagine que je devrais commencer mon histoire depuis le début. Vous savez tous les deux d'où je viens.

Mon Dieu, elle détestait cette partie, mais si elle ne commençait pas par là, ils ne comprendraient pas. *Elle-*

même, elle comprenait à peine. Ses hommes acquiescèrent.

— Je suis la princesse Bordeaux. Ou du moins, c'était ce que mon père me disait quand je grandissais.

Elle soupira doucement, mais ce n'était pas à cause de souvenirs tendres. Oh non, il n'y avait pas beaucoup de bons souvenirs quand il s'agissait de son père.

— J'avais tout ce que je voulais, de beaux vêtements, une jolie maison, des écoles guindées. Nous venions des vieilles fortunes.

Elle cracha ces deux mots et tenta un coup d'œil en direction de Ian. Lui aussi venait des vieilles fortunes et il acquiesça simplement, la comprenant.

— J'étais censée finir le lycée et aller à l'université afin d'obtenir mon diplôme et de mettre une jolie plaque dorée sur le mur du bureau de mon mari, comme ma mère l'avait fait. J'étais censée épouser l'homme que mon père choisissait pour moi, l'homme qui aurait repris son business et ses plans politiques. Ensuite, il y aurait eu deux enfants parfaits qui auraient été élevés par des nourrices pendant que je déjeunerais avec d'autres femmes de mon espèce, sans jamais sourire à la mauvaise personne et sans jamais entretenir de pensées inappropriées.

— Ça n'aurait pas été notre Sassy, interrompit Rafe.

Sassy sourit.

— C'est bien vrai.

Elle passa une main dans ses cheveux et observa les mèches d'un rouge particulièrement brillant.

— Est-ce que vous les voyez dans un chignon serré ? Est-ce que vous m'imaginez porter des perles ?

Ian s'éclaircit la gorge.

— J'imagine bien les perles.

Le sexe de Sassy palpita et elle retint un gémissement.

— Ne change pas de sujet.

— Je garderai ça en tête pour plus tard, alors.

Que ce mec aille au diable.

— Bref, je ne voulais pas tout ça. Je l'ai su à mes dix ans, et pourtant, je suis restée sous la coupe de mon père cinq ans de plus.

Elle ferma les yeux, essayant de lutter contre ses souvenirs.

— Mon Dieu, je le détestais. Je ne sais pas si c'est encore le cas, puisqu'il ne veut plus rien dire pour moi, maintenant, mais je le détestais à l'époque. Compre-nez-moi bien, il ne m'a jamais frappé, mais il l'aurait fait s'il avait pensé que ça pouvait fonctionner.

— Je l'aurais tué s'il l'avait fait.

La voix de Rafe prit une teinte dangereuse.

Sassy sourit.

— Tu sais que je peux m'occuper de mes propres batailles, mon beau.

Ian glissa un doigt sur son bras, mais elle ne recula pas, appréciant bien trop ce contact.

— Tu es partie quand tu avais quinze ans. Je me souviens que tu nous l'avais dit et que tu te pensais trop jeune, mais maintenant ? Je me dis que tu étais bien trop jeune pour gérer tout ce genre de conneries.

Elle leva les yeux au ciel.

— Oui. J'étais stupide. J'étais la fille riche qui voulait prendre ses propres décisions, alors qu'est-ce que j'ai fait ? Je me suis enfuie et j'ai dû apprendre à mes dépens que mes problèmes n'étaient pas très importants dans le grand schéma de la vie.

Ian s'agrippa à son poignet et tira pour que son corps soit collé au sien. Elle pouvait sentir le membre à moitié durci contre son ventre, mais c'était son regard qui lui permettait de tenir. La glace et la détermination qu'elle y vit faillirent la mettre à genoux, telle une soumise.

Elle n'était pas prête pour ça et elle n'était pas sûre de l'être un jour.

— Ne dis jamais que tes problèmes n'ont pas d'importance. Ce n'est pas parce que quelqu'un a vécu quelque chose de pire que toi que tu dois mettre ton passé de côté. Ce n'est pas une compétition, Sassy. Ça ne doit jamais l'être.

Elle ferma les yeux, ayant besoin d'une pause après la connexion de leurs regards pour ne pas fondre à ses pieds. Elle posa la tête contre son torse et inhala son odeur musquée.

— J'ai rencontré de bonnes personnes dans la rue et ils ont eu pitié de moi. J'ai appris à mes dépens comment prendre soin de moi.

Elle repoussa ses souvenirs de nuits froides lors desquelles elle mourait de faim, ces moments qu'elle ne pouvait oublier. Ils avaient fait d'elle *la* Sassy. Sans ces instants difficiles, cette douleur, elle ne voulait pas s'imaginer ce qu'elle aurait pu devenir.

Sassy se tourna dans les bras de Ian pour regarder Rafe.

— Ensuite, ta mère m'a trouvée, dit-elle en souriant. Je n'avais que dix-huit ans et je vivais dans un genre de communauté, j'enchaînais les boulots bizarres pour gagner ma vie et ta mère m'a pris sous son aile.

Rafe arriva près d'elle et posa une main sur sa joue.

— Je m'en souviens. Tu étais pleine de feu et de colère. Je savais que nous deviendrions meilleurs amis.

Sassy leva les yeux au ciel, mais s'appuya contre lui, gardant les mains sur Ian.

— Elle m'a offert un boulot dans le garage de ton père et j'ai appris comment faire une chose pour laquelle j'étais douée.

— Tu nous as toujours bien dirigés, même mieux que ma mère, la taquina Rafe. Elle aimait que tu prennes ton rôle de réceptionniste à cœur.

— Moi aussi, j'adorais ça, répondit-elle chaudement.

Elle se souvint comment elle avait appris à vivre en famille plutôt que dans le mausolée froid de son enfance.

— Je me suis fait des amis et j'avais le ventre plein pour la première fois depuis des années. J'ai appris à prendre soin de moi sans devoir me battre.

Elle se tourna vers Ian.

— Ensuite, tu es arrivé à la boutique avec un pneu crevé et quelques années plus tard, j'étais perdue.

Ian l'embrassa sur le front et recula.

— Ça m'a toujours surpris que toi et Rafe, vous ne vous soyez pas mis ensemble avant que j'arrive.

— Elle faisait bien trop partie de la famille avant que tu sois là, expliqua Rafe.

— Il a raison. J'étais presque sa sœur à ce moment-là.

Rafe éclata de rire.

— Oh, non, chérie, je ne dirais pas ça. Tu étais bien trop sexy, même à dix-huit ans, pour que je te voie comme quelqu'un d'autre qu'un membre de la famille dont je devais m'éloigner si je voulais rester du bon côté de la force, aux yeux de ma mère.

Sassy gloussa, se sentant déjà à l'aise en pensant aux bons souvenirs plutôt que de s'attarder sur les plus douloureux.

Ceux qui finiraient par ressortir un jour.

— Dès que Ian est arrivé, je ne sais pas, c'était comme si je ne pouvais plus retenir cette attirance.

— Merci, mon Dieu, tu as fait le premier pas, parce que ces quelques années à vivre avec toi, dans la même maison que toi, en faisant comme si tout allait bien et que je n'étais pas à fond sur toi ont failli me tuer, le taquina Sassy.

Ian ricana et passa une main dans son dos, l'apaisant. Il effleura ses fesses et elle dut s'empêcher de lui sauter dessus. Dès qu'elle finit sa phrase, ils purent passer à autre chose. Cela n'avait aucun sens de taire tout ça, de prendre le risque que cela s'envenime.

— Ensuite, tous les trois, nous sommes devenus... *nous.*

Elle soupira.

— J'adorais ça. Je vous aimais tous les deux quand j'étais une jeune femme et je n'aurais changé cela pour rien au monde. C'est si douloureux de penser à ce qu'il s'est passé finalement, mais je ne changerai rien de ce qui nous a menés ici.

— Nous ne sommes pas obligés de perdre ce que nous avions, intervint Rafe.

— Non, nous l'avons déjà perdu, contre-attaqua Sassy. Mais nous pouvons essayer quelque chose de nouveau. Nous baser sur le passé et sur les « et si » ne nous fera que du mal. J'aime déjà les hommes que vous êtes devenus et je suis absolument sûre d'aimer ce que je suis maintenant. Si nous recommençons là où l'on s'est arrêté, on perdra tout ce que nous avons gagné depuis.

— J'ai été un véritable idiot en m'éloignant de vous. Je l'ai dit avant et je le redis, mais je pense que vous en avez assez de l'entendre. Je ne vais pas m'enfuir à cause de la peur.

Ian s'agrippa à son menton, l'obligeant à le regarder.

— Je te le promets.

Elle remarqua qu'il s'épinglait l'étiquette du lâche fuyard et elle lui en reparlerait plus tard. Aucun d'eux ne parlait de mariage, de bébés et d'engagement. Du moins, ce n'était certainement pas le cas de Sassy.

— Je vais quand même dire une chose : si je n'étais pas partie, si je n'avais pas été obligée de passer à autre chose, je n'aurais pas trouvé *Midnight Ink*.

Elle s'éloigna de Ian et Rafe, baissant les yeux vers les tatouages sur ses bras.

— Je n'avais que quelques tatouages quand je vous ai rencontrés et maintenant, j'en ai partout. J'adore ça. J'aime mon travail et ceux que je peux aider au quotidien. J'aime la famille que j'ai créée. Alors oui, ce qui est arrivé craignait. Mon Dieu, ce mot n'est même pas approprié. Ce qui est arrivé a détruit tout ce que je pensais avoir ou vouloir, mais j'ai grandi grâce à ça.

Chaque pas que j'ai fait m'a rendue plus forte et m'a fait devenir... Sassy. J'aime qui je suis, les garçons, et je ne changerais pas ça. En revanche, je dois dire que ce que je suis maintenant a besoin de vous deux.

Du moins, pour l'instant. Elle n'arrivait pas à penser plus loin sans que ce soit écrasant.

Ian grogna légèrement et s'approcha, Rafe sur les talons.

— Ce tatouage ?

Il traça le contour du dessin sur le bras de la jeune femme et un frisson la traversa face à la promesse de ce qui l'attendait.

— Je veux les voir en entier. Je veux tout voir, Sassy. Je veux tout. Ça fait peut-être de moi un homme égoïste, mais souviens-toi, je suis un Steele. J'ai l'habitude d'obtenir ce que je veux.

La main de Rafe descendit le long de son dos et saisit ses fesses. Elle gémit et se cambra contre lui.

— Je ne suis peut-être pas un Steele, mais je sais ce que je veux aussi. Je vous veux tous les deux. Le passé est le passé et nous sommes là, maintenant. On va aller de l'avant ensemble. Compris ?

Elle se retourna pour lui faire face et acquiesça. Oh oui, il la comprenait.

— Maintenant, vous savez où j'en suis et par où je suis passée, déclara-t-elle.

Elle savait que leur discussion s'achevait.

Merci mon Dieu.

Avec un sourire malicieux, elle prit la cravate de Ian dans une main et agrippa la chemise de Rafe de l'autre.

— Je pense qu'on a fini de parler. Je ne suis pas d'humeur à sortir aujourd'hui. Vous avez une meilleure idée ?

Elle regarda les deux hommes tandis que leurs regards se réchauffaient et qu'un petit grognement lui échappait.

— Oh oui, chuchota Ian.

— Oh que oui, gronda Rafe.

C'était ce qu'elle voulait maintenant. Eux. Elle. Sans aucun vêtement. Et une nuit remplie de la bonne dose de passion.

Ça.

CHAPITRE CINQ

SASSY SE LÉCHA les lèvres en appréciant la façon dont le regard des deux hommes s'assombrit et que leur respiration devint irrégulière. Cela avait toujours été ainsi, chaud, entêtant et prêt à toute éventualité. Ses tétons se durcirent et son ventre vacilla lorsqu'elle imagina ce qui suivrait. Avec deux hommes, elle ne savait jamais qui ferait le premier pas et ouvrirait la voie.

Ian et Rafe avaient toujours été dominateurs au lit, mais pas comme les autres hommes le pensaient. Ils savaient ce qu'elle voulait et ils le lui donnaient... après l'avoir taquiné une ou deux fois. Ce qu'elle ignorait, c'était quel homme ferait le premier pas.

Ian et Rafe se jetèrent un coup d'œil, comme s'ils avaient une conversation silencieuse, décidant avec un peu d'espoir ce dont elle venait juste de penser. Rafe acquiesça et Sassy prit une inspiration quand Ian s'avança de deux pas vers elle, posant les mains autour de sa tête, enroulant ses longs cheveux autour de son poignet, trois fois.

Elle haleta lorsqu'il tira, laissant sa tête retomber en arrière pour qu'elle puisse le regarder fixement, désirant plus.

— Tu es à moi, chuchota-t-il.

Il écrasa ensuite sa bouche contre la sienne.

Elle gémit quand ses lèvres se pressèrent sur les siennes, la mordillant. Elle s'ouvrit pour lui, sa langue se mêlant avec la sienne. Il avait un goût de menthe et de café, cette saveur se mélangeant avec le sien. Il tira à nouveau sur ses cheveux, le brusque picotement se dirigeant brusquement vers le sexe de la jeune femme.

— Ne m'oublie pas, déclara Rafe d'une voix rauque.

Ian arracha ses lèvres à celles de la jeune femme, tira à nouveau sur ses cheveux, l'obligeant cette fois-ci à regarder Rafe. Le contrôle de Ian sur son baiser avec Rafe lui donna envie de jouir sur le champ. Elle aimait quand ils se comportaient comme des alphas avec elle... et entre eux.

Rafe prit son visage en coupe, puis baissa lentement la tête. Son baiser était doux, tentant, là où Ian n'était que feu et chaleur. C'était tellement différent de la personnalité de ces deux hommes en public. Elle ferma les yeux, goûtant sa douceur sombre lorsqu'elle se balança contre lui et Ian en même temps. Leurs corps étaient si près du sien et l'un de l'autre, rendant la chose plus facile.

Ian l'attira et approcha sa bouche de celle de Sassy. Elle lécha ses lèvres et mordilla, appréciant que le goût des deux hommes se mélange sur sa langue. Cette combinaison entêtante lui rappelait à quel point cela lui avait manqué, qu'elle mourait d'envie de revivre ça.

Les deux hommes se tournèrent pour l'embrasser, leurs mains parcourant son dos, saisissant ses fesses. Elle se perdit dans le moment, ignorant combien de temps s'était écoulé avant qu'ils s'éloignent et se tournent l'un vers l'autre.

Peu importait à quel point c'était torride qu'ils l'embrassent, c'était encore plus excitant d'observer ces deux hommes se sauter dessus. Leurs gémissements firent écho dans la cuisine lorsque leurs baisers s'approfondirent. Aussi brusques qu'ils étaient avec elle, parfois, ils étaient bien plus exigeants l'un envers l'autre.

Carrément. Canon.

Elle se lécha à nouveau les lèvres, les scrutant et sentant une partie de leur chaleur, même si personne ne la touchait. Enfin, s'*ils* n'allaient pas la toucher...

Elle effleura ses tétons et haleta, la sensation de ce

contact bref la berçant. Bon sang, elle était excitée et savait qu'ils devraient faire bien plus avant qu'elle soit satisfaite.

Elle posa les mains sur ses seins, collant la paume sur ces renflements en se pinçant les tétons. Son corps se balança lorsqu'elle frotta ses jambes l'une contre l'autre, ayant besoin de cette friction pour jouir. Si elle pouvait avoir un simple orgasme, elle pourrait ralentir avec ses amants.

Comme s'ils avaient entendu ses pensées, Rafe et Ian s'éloignèrent l'un de l'autre et lui firent face.

— Tu essaies de te faire jouir sans nous ? s'enquit Ian d'une voix profonde et pleine d'envie.

Ses lèvres étaient mouillées et gonflées à cause de leurs baisers.

— On devrait mieux s'occuper de toi, *cariña*, marmonna Rafe.

Ses iris couleur miel s'assombrirent sous l'intensité du moment et à ses promesses.

Ian inclina la tête.

— Puisqu'elle joue toute seule peut-être qu'on devrait la laisser continuer. Elle n'a pas besoin de nous, n'est-ce pas ?

Elle plissa les yeux.

— Hé, arrête de faire ton salaud, mon chéri. Tu sais que je peux me faire jouir, mais pour l'instant, je veux que vous le fassiez pour moi. Ce n'est que la moindre des choses.

Ian sourit, mais elle n'était pas sûre d'obtenir ce qu'elle voulait. Il la faisait toujours attendre le meilleur moment possible. Alors, bien qu'elle le déteste quand elle se tortillait, elle l'aimait lorsqu'il la comblait.

Espèce de salaud compliqué.

— Qu'est-ce que tu veux, Sassy ? s'enquit Ian.

Elle se lécha les lèvres et baissa les yeux vers l'érection de Ian qui tendait son pantalon, puis elle vit la même chose chez Rafe. Autant elle avait envie de jouir, autant elle aimerait *vraiment* goûter ses hommes.

— Toi, chuchota-t-elle.

Ian sourit et Rafe gloussa.

— À genoux, chérie.

Il tendit la main et elle y posa la sienne lorsqu'elle s'agenouilla devant lui.

Le souffle de Sassy s'accéléra lorsqu'elle défit la ceinture de Ian et descendit son pantalon. Si certaines femmes détestaient ça, elle, elle adorait faire des fellations. Elle aimait avoir le pouvoir, même si Ian et Rafe donnaient d'habitude le ton. C'était *elle* qui leur procurait du plaisir, et rien qu'y penser la faisait vraiment mouiller.

Puisque lorsqu'elle en aurait fini avec eux, ils lui rendraient la pareille de la meilleure façon possible.

Aussi vite que possible, elle baissa suffisamment

son boxer pour pouvoir saisir son membre. Il remplissait sa main, chaud et dur qu'il était, prêt pour sa bouche. Ne voulant pas laisser son deuxième amant de côté, elle déposa un baiser sur le sexe de Ian avant de défaire le pantalon de Rafe.

Ian tira sur ses cheveux, les prenant dans son poing comme avant, tandis que Rafe la tenait par l'épaule. Elle baissa le jean de ce dernier et lécha l'extrémité, tout en enroulant sa main à la base de l'érection de Ian.

Elle n'avait pas eu de plan à trois depuis qu'elle avait été avec Ian et Rafe, mais la dextérité qu'il lui fallait pour leur procurer du plaisir à tous les deux n'avait apparemment pas disparu.

Avec un dernier clin d'œil en direction de ses amants, elle se mit au travail, léchant la longueur de Rafe avant de faire la même chose pour Ian. Les deux hommes gémirent et elle sourit avant de sucer le gland de Ian, laissant sa langue effleurer le sillon. Il se cambra dans sa bouche et elle posa une main sur sa hanche pour le maintenir en place. Elle s'éloigna légèrement pour lever les yeux vers lui.

— Laisse-moi vous goûter tous les deux avant de me prendre la bouche.

— J'aime ta bouche obscène, déclara Rafe.

Les yeux de la jeune femme roulèrent dans leurs orbites.

Elle recommença à s'affairer et lécha une goutte de

liquide pré-séminal au bout du membre de Ian avant de faire la même chose pour Rafe. Elle tenait chacun de leurs sexes dans une main et s'agrippait fermement à eux, faisant rouler ses poignets lorsqu'elle tira vers le haut pour glisser sur leurs longueurs. La verge de Ian était légèrement plus longue avec une courbe sur la gauche qui atteignait le bon endroit en elle et la faisait loucher lorsqu'il la prenait brutalement. Celui de Rafe était plus épais et l'étirait d'une façon sexy chaque fois qu'il la pénétrait.

Bon sang, ils lui avaient manqué, tous les deux.

Rafe posa une main sur sa joue et sourit.

— Laisse-moi te regarder prendre Ian, Sass. Ensuite, tu pourras t'occuper de moi. J'adore que tu lui suces les boules quand tu lui fais une fellation.

Elle retint un gémissement dans sa gorge, puis acquiesça avant de se retourner vers Ian. Parce qu'elle savait que Rafe, et Ian adoraient ça, elle releva la verge de ce dernier contre son ventre et suçota ses testicules. Elle en fit rouler un sur sa langue, puis s'attaqua à l'autre de la même façon. Elle pouvait sentir le sexe de Ian qui palpitait quand elle suçait, et répéta donc le processus. Lorsqu'elle ne put en supporter davantage, et qu'elle eut la sensation que Ian ressentait la même chose, elle commença à sucer son érection dans un long mouvement. L'exclamation de désir et de surprise de son amant était une douce mélodie à ses oreilles. Elle recula, impatiente de continuer une fois qu'elle aurait retrouvé son souffle.

— Laisse-moi t'aider, dit Rafe.

Elle leva les yeux vers lui et constata qu'il était derrière Ian. Il saisit la base du sexe de Ian et le leva vers les lèvres de la jeune femme.

Elle sourit, puis suça à nouveau Ian. La main de ce dernier se resserra autour de ses cheveux et elle se figea, laissant sa mâchoire s'élargir. Ian baisa sa bouche et Rafe l'aidait en le dirigeant. Lorsqu'il se retira, elle fit rouler sa langue, puis déglutit lorsqu'elle arriva sur son gland avant de plonger à nouveau sur lui, le faisant atteindre le fond de sa gorge.

— Nom de Dieu, gronda Ian.

Il n'arrêta pourtant pas de bouger ses hanches.

Elle creusa ses joues et fredonna, levant les yeux pour voir la main de Ian posée sur l'épaule de Rafe. Lorsque la bouche de Sassy quitterait son sexe, la main de Rafe serrerait et bougerait sur sa longueur.

Finalement, Ian s'éloigna, son sexe toujours dur puisqu'il n'avait pas joui, et il s'écarta. Rafe se tenait là, sa verge pointant. Elle lécha sa longueur lorsque Ian arriva derrière elle. Elle jeta un coup d'œil par-dessus son épaule et sourit lorsqu'il se déshabilla.

— Qu'est-ce que tu fais, là-bas ? ronronna-t-elle.

Ian gloussa, puis s'agrippa à ses épaules.

— Suce-le, ensuite je vais te bouffer, chérie.

Eh bien, c'était un bon plan.

Elle prit entièrement le sexe de Rafe dans sa bouche, bougeant la tête de haut en bas en donnant le rythme cette fois-ci. Ian passa les mains derrière sa taille et il s'agenouilla derrière elle. Il prit ses seins dans ses mains, au travers du soutien-gorge, et lui pinça ardemment les tétons.

Elle s'exclama autour du sexe de Rafe tandis que Ian la pinçait encore plus fort et tournait légèrement. La douleur résonnait jusque dans son sexe, qui était prêt à recevoir leurs verges, mais elle savait qu'elle devrait attendre. Elle accentua le rythme, voulant que Rafe perde le contrôle.

Les mains de Ian quittèrent sa poitrine pour se poser sur les cuisses de Rafe. La vue de ces grandes mains sur les jambes encore plus musclées la fit presque jouir, mais elle se retint. Ian fit rouler les testicules de Rafe dans sa main tandis que Sassy creusait ses joues pour le sucer plus avidement.

Rafe recula et elle cligna des yeux vers lui, tout en s'appuyant contre l'épaule de Ian.

— Je suis avec Ian, là, *cariña*. Même si j'ai envie de jouir dans ta gorge, je préfère que ce soit d'abord autour de ma queue.

Elle se lécha les lèvres, le goût salé des deux hommes s'attardant.

— Tout ce que tu veux.

Ian gloussa contre elle quand il l'embrassa dans le cou.

— J'adore ce que tu dis.

Avant qu'elle puisse cligner des yeux, elle se surprit à se lever. Les deux hommes enlevèrent leurs vêtements, puis elle se retrouva sur le dos, allongée sur le plan de travail de la cuisine, la tête de Ian entre ses cuisses.

— Ian ! s'exclama-t-elle au premier coup de langue.

Il lécha et mordilla sa fente avant de se concentrer sur son clitoris. Elle se cambra contre son visage, en voulant plus.

— Laisse Ian te goûter, Sassy, chuchota Rafe.

Il appuya sur ses hanches, offrant plus de contrôle à Ian.

Elle tenta d'empêcher ses yeux de rouler dans leurs orbites, mais c'était sacrément difficile étant donné que Ian la léchait comme un chat laperait du lait. Ce fut encore plus difficile quand Rafe suça l'un de ses tétons, pinçant l'autre avec ses doigts agiles. Il mordit le petit bourgeon tout en faisant rouler l'autre, et elle jouit contre le visage de Ian et les deux doigts qu'il avait enfoncés en elle.

Leurs noms franchirent ses lèvres dans un hurlement, tandis qu'ils continuaient de s'affairer sur elle, ne s'arrêtant que lorsqu'elle se surprit à subir une deuxième vague d'orgasme. Elle ne jouissait autant qu'avec ces deux-là et elle remercia Dieu que certaines choses ne changent jamais.

Son corps devint tout mou, même si elle voulait toujours les sentir tous les deux en elle. Elle sentit Ian la prendre dans ses bras et la poser sur le canapé en L avec les coussins moelleux, parfaits pour que deux personnes se blottissent confortablement.

Ils se dénudèrent rapidement tous les trois et Ian se retrouva entre ses jambes lorsqu'elle s'allongea, s'offrant à eux deux. Ian se tenait au-dessus d'elle, se penchant pour atteindre son entrejambe tandis que Rafe était derrière lui. Rafe passa un bras autour du corps de Ian et déroula un préservatif sur le sexe de son amant. Sassy était sur le point d'avaler sa langue.

Peu importait à quel point elle était excitée quand elle était avec eux, elle adorait les observer ensemble, puisque cela rendait leurs ébats encore plus torrides. Cela faisait peut-être d'elle une Sassy bien, bien cochonne, mais elle s'en moquait.

Elle aimait tellement ça.

Ian se tourna sur le côté et elle remarqua quelque chose qui n'était pas là, la dernière fois qu'ils avaient fait l'amour.

— C'est un tatouage sur ton dos ? s'enquit-elle.

Rafe écarquilla les yeux et passa derrière Ian.

— Oh, merde, c'est le nœud de la Trinité. Mec. C'est vraiment magnifique.

Sassy lui lança un sourire larmoyant.

— Tu as un nœud de la trinité dans le dos ? Laisse-moi voir.

Ian saisit son sexe, mais se retourna pour elle.

Mon Dieu, c'était beau. Profond et sombre, les trois parties du nœud de la trinité étaient entrelacées et composées de mots en gaéliques. C'était magnifique.

Le fait qu'il ait fait ça *après* leur rupture en disait long, mais elle ne pouvait pas en parler maintenant. Pas quand elle le voulait en elle.

Maintenant.

— Prête ? s'enquit Ian d'une voix tendue.

— Toujours, chuchota-t-elle.

Ian s'enfonça en elle, millimètre par millimètre, la faisant agoniser et gémir.

Il la comblait. Leurs hanches s'alignèrent quand ils se frottèrent l'un contre l'autre, tandis qu'il l'étirait pour qu'elle s'accommode à sa longueur. Elle savait qu'elle devrait à nouveau s'étirer pour s'adapter à l'épaisseur de Rafe.

— Nom de Dieu, tu es si bonne, grinça Ian avant de se retirer légèrement.

Sassy gémit tandis que ses muscles se contrac-taient, ne voulant pas le laisser partir.

— Regarde par ici, Sass, chuchota Rafe. Et relève-toi sur tes coudes.

Lorsqu'elle était restée concentrée sur Ian, Rafe

s'était déplacé pour se placer sur le canapé, à côté d'elle, son sexe devant les lèvres de Sassy. Elle ouvrit la bouche pour lui et se laissa aller. Les deux hommes la baisaient brusquement, Ian dans son sexe, Rafe dans sa bouche. Les mains de Rafe étaient emmêlées dans ses cheveux, tandis que Ian s'agrippait à ses hanches.

Ian faisait des va-et-vient réguliers, incessants, et pourtant exquis. Puis il s'enfonça brusquement en elle une fois de plus et cria son nom. Sassy relâcha le sexe de Rafe, et embrassa Ian qui remplissait le préservatif. Ian redonna des coups de reins, son pouce frottant le clitoris de Sassy quand elle jouit, son gémissement étouffé par la bouche de Ian.

Ce dernier se retira et son corps continua de trembler quand Rafe se glissa en elle. Elle laissa sa tête retomber sur le canapé tandis que Ian s'en allait pour se débarrasser du préservatif. Rafe avait dû en enfiler un, lui aussi, quand elle avait été en train de jouir, puisqu'elle vit que sa verge était protégée lorsqu'il recula. Les doigts de son amant s'enfonçaient dans sa taille quand il donna des coups de reins en elle et leurs regards se rivèrent l'un sur l'autre.

Ian revint dans la pièce et s'assit à côté d'elle, parcourant son corps de ses mains. Il posa les paumes sur ses seins, avant de les suçoter, puis il baissa la main pour jouer avec son clitoris quand Rafe faisait l'amour à la jeune femme.

— Merde, chaque fois que tu suces ses tétons, je la sens se serrer autour de moi, grogna Rafe.

Ian relâcha son sein dans un bruit sec.

— Maintenant, tu sais ce que je ressens, mon amour, dit-il à Rafe.

Il recommença à s'affairer sur la poitrine de Sassy.

Ayant besoin de se lier à eux encore plus qu'elle ne l'était, elle posa une main autour du poignet de Rafe et passa sa main libre dans les cheveux de Ian. Elle ferma les yeux, perdue dans les mouvements et les sensations jusqu'à ce qu'elle plane à nouveau sur la vague de l'orgasme qui s'écrasait. Cette fois, ce fut Rafe qui jouit dans le préservatif.

Rafe se retira, s'éloignant à vive allure pour se débarrasser du préservatif tandis que Ian et Sassy s'allongèrent sur le canapé.

— Ça m'avait manqué, vous m'aviez manqué, marmonna Ian.

Elle sourit et se blottit contre lui.

Rafe réapparut et saisit une couverture sur le dossier du canapé. Ian attira Sassy sur lui quand Rafe s'allongea près d'eux. Elle roula sur le ventre pour enlacer ses deux amants, ses membres lourds et son corps satisfait.

— Mon Dieu, on doit refaire ça, murmura-t-elle.

Rafe tapota ses fesses et gloussa.

— Laisse-moi me reposer un peu avant le deuxième round. Je ne suis plus aussi jeune.

Elle sourit et attendit la réponse de Ian, tout cela pour découvrir qu'il s'était assoupi à côté de Rafe.

— J'imagine qu'on l'a épuisé.

Elle regarda Rafe et rit des deux hommes endormis. Dans un soupir joyeux, elle s'allongea sur eux deux et se tortilla.

— Oui, je gère toujours.

CHAPITRE SIX

— TU ES sûre que mon look est approprié ? Je devrais recouvrir mon tatouage ?

Rafe ferma les yeux et retint la réplique cinglante qui allait franchir ses lèvres. Bien qu'il aime la femme devant lui, le fait qu'elle pose cette question lui donnait envie de se cogner la tête contre le mur. Elle n'aurait pas dû être aussi nerveuse qu'elle l'était, et pourtant elle ne pouvait s'en empêcher, visiblement.

Elle avait enfilé un beau pantalon ainsi qu'un haut mignon en dentelle qui rendait sa poitrine sacrément alléchante, mais ce n'était pas la Sassy qu'il connaissait et aimait. Elle s'était même fait un chignon qui allongeait simplement son cou.

Il avança lentement vers elle et prit son visage en coupe. L'inquiétude dans ses yeux marron sexy lui donnait envie de la prendre dans ses bras et de ne jamais la lâcher.

Non pas qu'elle le laisserait faire.

Non, elle le repousserait et prendrait soin d'elle parce qu'elle était comme ça. Ou du moins, elle était comme ça, d'habitude. La Sassy devant lui n'était pas cette femme. Il avait besoin de changer cela et d'apaiser ses peurs.

— Sassy, arrête et respire, *cariña*.

Il effleura ses lèvres avec les siennes et elle se détendit.

— On va juste dîner chez mes parents. Tu as dîné avec eux un nombre incalculable de fois. La seule différence, c'est que nous sommes un peu plus vieux.

Elle grimaça et il l'embrassa à nouveau.

— Ce n'est pas comme avant, Rafe. J'étais leur pupille, celle qui se tapait l'incruste, ou peu importe comment on pouvait me qualifier. Ils savaient que je sortais avec toi, mais je ne sais pas s'ils étaient au courant pour Ian.

Rafe soupira.

— Je ne sais pas non plus, chérie. On le gardait pour nous parce qu'on avait peur de ce que tout le monde penserait, mais nous ne sommes plus ces gens-là. Tu sais que Ian serait avec nous s'il n'avait pas été obligé de travailler.

Ils ne pouvaient pas ignorer la possibilité d'une

idée fausse, comme cela s'était produit lorsqu'ils étaient plus jeunes. Leur relation ne survivrait pas si l'idée qu'ils s'en faisaient n'était pas la bonne.

Il pouvait sentir la tension et voyait l'hésitation dans le regard de Sassy.

C'était leur faute, ils transformaient la femme vibrante et sexy en un tas de nerfs.

Bon sang.

Il passa une main dans son dos et lui saisit les fesses. L'éclat torride qui se lut dans ses yeux en retour le fit sourire.

La voilà.

Sassy recula légèrement et observa son propre corps avant de secouer la tête.

— Mais qu'est-ce que je porte ?

Rafe se retint, sachant que s'il souriait, elle allait le taper. Vivement.

— Je ne m'étais pas rendu compte que tu pouvais avoir le look d'une secrétaire sexy.

Elle plissa les yeux.

— Je crois qu'on appelle ça des assistantes administratives, maintenant.

Il leva la main, comme s'il était sur la défensive.

— Mes excuses.

— Et si j'étais habillée en secrétaire sexy, je porterais une jupe pour que tu puisses me baiser sur le bureau. Allez, tu sais que ça se passe comme ça dans tous les bons pornos.

Rafe rejeta la tête en arrière et rit, alors même que son membre se durcit en imaginant Sassy en talons et petite jupe, quand il la prendrait sur le bureau.

Ou peut-être celui de Ian.

Oui, ce serait mieux, puisque Ian avait un plus grand bureau, et le costume cravate correspondrait carrément à ces fantasmes. Peut-être que Sassy et lui pouvaient aussi baiser Ian sur ce bureau.

— Oh, mon Dieu, arrête de penser au sexe, Rafe Chavez !

Sassy lui mit une claque sur l'épaule et Rafe ricana.

— Tu as commencé, chérie.

Enfin, peut-être. Toute cette conversation était un brouillard d'angoisses existentielles et de talons super sexy.

— Nous sommes en route pour voir ta mère. Elle saura à quoi on pensait. Elle le sait *toujours*.

Rafe sourit. Il espérait clairement que sa mère ne savait pas *tout* ce qu'il se passait dans sa tête. Il n'était même pas sûr de savoir ce dont elle était au courant pour Ian et lui. Il avait toujours été bisexuel, mais il n'avait jamais fait son coming-out à ses parents. Il ignorait ce qu'ils en auraient dit à l'époque.

Ce qu'ils en diraient maintenant...

Il avait eu un comportement tellement merdique, adolescent, que lorsqu'il avait enfin trouvé sa voie et appris à agir comme un homme, il avait eu peur de briser leur confiance nouvellement regagnée. Il avait dissimulé ses sentiments pour Ian, le faisant simplement passer pour son meilleur ami devant la famille, et il savait que cela avait joué un rôle dans le départ de son amant.

Ian et Sassy n'étaient pas les deux seuls à blâmer pour la mort de leur relation.

Rafe avait fait ses propres erreurs et il savait qu'il devait se racheter.

Aujourd'hui était le premier pas dans la bonne direction : il ramenait Sassy à la maison. Il avait espéré ramener Ian également, mais c'était peut-être tout aussi bien qu'il ne soit pas avec eux. Faire de tout petits pas semblait être la bonne approche.

Nom de Dieu, c'était sacrément compliqué.

Il secoua la tête, essayant de s'éclaircir les idées. S'il passait la journée à penser au pire, il ne ferait que se stresser et il était sûr que Sassy avait effectivement pensé au pire étant donné la façon dont elle était habillée.

Rafe baissa les yeux pour regarder son propre jean foncé et sa chemise, puis il observa Sassy.

— *Cariña*, mets un jean et garde ce haut qui est vraiment sexy. Il dévoile les tatouages sur tes bras et quand tu te baisses, je peux voir celui que tu as dans le dos.

Elle écarquilla les yeux.

— Je ne me pencherai pas pour toi dans la maison de tes parents.

Elle lui lança un regard malicieux.

— Et je ne te fais aucune promesse, mais si tu m'agaces, fais attention à mes provocations.

Il l'embrassa avidement, glissant sa langue contre la sienne.

— Bon sang, tu m'excites, Sass. Mais vraiment, tu peux porter un jean et tout ce que tu veux.

Il tendit la main et détacha ses cheveux. Les longues boucles tombèrent par vague sur ses épaules et il soupira en le voyant. Merde, cette femme était à tomber. Il allait devoir lui rattacher les cheveux pour les détacher ensuite, mais cette fois-ci, quand elle serait nue.

Merde. Oui.

— Tu penses encore au sexe.

Il se lécha les lèvres.

— Oh que oui, mais ne t'inquiète pas. Je peux me contrôler.

Peut-être.

— Montre ton tatouage, laisse tes cheveux détachés et porte ce que tu veux pour être à l'aise et être toi-même. Il n'y a aucune raison de se cacher.

Ses yeux se remplirent de larmes et elle les chassa en clignant des paupières, mais pas avant que l'une d'entre elles coule sur sa joue. Son cœur fut douloureux lorsqu'il essuya cette goutte avec son pouce.

— Sassy, chérie, qu'y a-t-il ?

Il ferait tout ce qu'il faudrait pour s'assurer qu'elle savait qu'elle était spéciale, qu'elle était *sienne*. Mon Dieu, donnez-lui de la force.

— À part le fait que tu agisses d'une manière si rustre et si parfaite à la fois ?

Elle secoua la tête avant de détendre ses épaules.

— Je les ai abandonnés aussi, Rafe. Et s'ils me détestaient pour ça ? Je ne suis pas restée en contact avec eux parce que j'avais peur. Je ne vivais peut-être qu'à vingt minutes de chez eux, mais il y aurait pu avoir un océan entre nous, vu l'impression que j'en avais.

Il ferma les yeux et se maudit intérieurement. Évidemment qu'elle s'inquiétait pour ça. Elle avait vécu avec sa famille pendant longtemps et elle les avait tous abandonnés. Elle l'avait fait pour se protéger et en même temps, elle avait blessé la famille de Rafe. Mais pas autant qu'elle devait l'imaginer.

Ils pardonnaient aux gens qu'ils aimaient.

Il le savait bien.

— *Cariña*, arrête de t'inquiéter. Tu leur as manqué et oui, ils étaient inquiets, mais ils savent que tu es partie pour une raison. Allons les voir et finissons-en avec la partie difficile. Ils t'ont invitée, Sass. Ils *veulent* que tu sois là. On parlera, un rira, on mangera de la bonne nourriture et quand on rentrera à la maison, on fera l'amour et, avec un peu de chance, cette fois-ci on pourra atteindre le lit du premier coup.

Elle rit doucement, exactement comme il l'avait souhaité.

— On dit toujours qu'on va atteindre le lit et on finit par s'endormir sur le canapé tant on s'épuise.

Il saisit ses fesses, la collant contre son corps. Son sexe durci était appuyé contre son ventre et elle haussa un sourcil.

— C'est ta faute, grogna-t-il.

Sassy passa une main entre eux et caressa sa longueur.

— Non, chéri, c'est ta faute, mais je m'en occuperai. Plus tard.

Elle lui fit un clin d'œil.

— On va être en retard si je ne me change pas et qu'on ne part pas tout de suite. Deux minutes !

Elle se précipita dans sa chambre, le regard de Rafe suivant les courbes généreuses de ses fesses. Il se contenta de secouer la tête.

Oui, c'était la Sassy qu'il aimait. Elle avait seulement eu besoin de l'exciter et de le provoquer pour réapparaître.

Lorsqu'elle revint, elle avait enfilé un jean moulant qu'il adorerait lui enlever plus tard, et ils partirent chez ses parents. Ils n'avaient que cinq minutes de retard. Ce n'était pas trop mal, étant donné que Rafe s'était assuré que le pantalon de Sassy lui allait parfaitement en posant ses paumes sur elle.

À cause du rouge sur les joues de celle-ci, il avait le sentiment que sa mère saurait *exactement* pourquoi ils étaient en retard, mais il s'en moquait. Il avait enfin la femme de ses rêves à côté de lui et l'homme de ses rêves dans son cœur. Il espérait d'ailleurs que cet homme les attendrait quand ils rentreraient à la maison.

Il n'avait pas besoin de grand-chose de plus.

Avant qu'ils puissent arriver sur les marches du porche, sa mère ouvrit la porte d'entrée et s'approcha d'eux avec des bras grand ouverts.

— Sassy !

La mère de Rafe attira Sassy sur les marches et l'enveloppa de ses bras forts, comme elle l'avait fait avec son fils à d'innombrables reprises. Même si sa mère faisait au moins trente centimètres de moins que lui et pouvait pratiquement tenir dans sa poche, elle était plus forte que tous les gens qu'il connaissait.

— Madame Chavez.

La réponse de Sassy fut un peu guindée, mais il y avait là une chaleur qui alla directement dans le cœur de Rafe. C'était également la famille de Sassy. Il devait juste s'assurer qu'elle le comprenne et qu'elle ne fuit pas.

Encore.

Sa mère recula et fronça les sourcils.

— Madame Chavez ? Tu me prends pour la mère de Carlos, mon mari, et non celle de Rafe ? Oh, chérie, tu peux m'appeler Juanita ou Maman. Et rien d'autre.

Sassy sourit et Rafe attira sa mère pour l'embrasser sur la joue.

— Merci, maman, chuchota-t-elle.

Elle lui tapota la joue.

— Tu es un bon garçon, Rafe. Merci d'avoir ramené Sassy à la maison.

Il y eut un éclat dans ses yeux qu'il ne put interpréter.

— Et la prochaine fois, je m'attends à ce que tu ramènes Ian, aussi. Il est temps que vous soyez tous les trois réunis à nouveau.

Rafe arrêta de respirer, ses pieds figés sur place.

— Qu... quoi ?

Sa mère secoua la tête, puis passa les bras autour de la taille de Sassy.

— Je le savais, à l'époque, que vous étiez ensemble, tous les trois. Tu ne peux pas me berner, jeune homme. Vous étiez tellement amoureux que vous ne pouviez le cacher même quand vous essayiez. Je sais que Ian pensait passer pour le gamin riche, cool et distant. Mais ce n'était pas le cas, chéri. Il était tellement amoureux de toi, tout comme Sassy et toi vous étiez amoureux de lui, que ça crevait les yeux.

Sassy tendit la main et agrippa la sienne, mais elle n'arrivait toujours pas à digérer ce que sa mère disait. Elle savait ? Pendant tout ce temps, elle savait. Il pensait l'avoir si bien caché. Apparemment, il n'aurait même pas dû essayer.

— Je ne sais pas à quoi tu penses, Rafe, mais laisse-moi te dire que je t'ai aimé depuis que j'ai découvert que j'étais enceinte de toi, et je t'aimerais *toujours*. Ta famille pense la même chose. Tu as trois sœurs, deux frères, un père et d'innombrables membres de cette famille qui attendent de vous voir, Sass et toi. Ils t'aiment et ils ne te tourneront pas le dos parce que tu aimes qui tu aimes. Et quand tu ramèneras Ian, ce sera la même chose.

Rafe baissa la tête, mais attira sa mère vers lui, amenant Sassy en même temps. Il passa les bras autour de ses femmes, le poids de ce qu'il avait retenu quittant ses épaules.

— Je n'arrive pas à croire que tu le savais pendant tout ce temps, souffla-t-il.

Son corps tremblait soit à cause du soulagement soit du besoin écrasant de courir chercher Ian pour l'amener ici également.

— Chéri, tu ne peux rien me cacher.

Sa mère le serra à nouveau contre lui, puis s'éloigna.

— Bien, il est temps de vous faire rentrer et manger. Les autres sont probablement déjà collés aux fenêtres pour savoir ce qui nous retient.

— Je suis surpris qu'ils ne soient pas encore sortis, déclara Sassy en entremêlant ses doigts à ceux de Rafe.

Il saisit sa main, reconnaissait de pouvoir s'ancrer à elle. Elle avait été son ancre, même lorsqu'elle avait été en fuite. Sans elle... eh bien, il n'avait pas été entier.

Ils entrèrent et furent accueillis par sa famille, souriant, s'enlaçant en intégrant à la fois Sassy et Rafe dans les étreintes. Si Sassy les avait abandonnés, il n'avait jamais oublié qu'il avait fait la même chose. Oh, il revenait pour les fêtes ou les naissances, mais il s'était créé un foyer quelque part ailleurs.

Il était maintenant de retour et il devait apprendre à se fondre dans la masse qu'était sa famille, comme avant.

— Rafe.

La voix profonde de son père le tira hors de sa rêverie. L'homme avait un bras autour des épaules de Sassy et un sourire sur le visage.

— Je suis ravi de voir que tu as pu venir, *niño*.

— Papa, le salua-t-il.

Il étreignit fermement cet homme, attirant Sassy comme il l'avait fait avec sa mère.

Son père sourit, mais il y avait de la tension dans son regard, comme lorsqu'ils étaient au travail. Rafe espérait que cela disparaîtrait avec le temps.

— Quand tu auras le temps, on devra parler de la boutique. Il y a des choses... *niño*, tu sais que je te fais confiance pour tout, mais certaines choses n'ont pas besoin de changer.

Lorsque son père parlait, cela ne signifiait pas toujours ce qu'on comprenait, mais ce n'était ni le moment ni l'endroit d'en discuter. Sa famille était peut-être d'accord avec son style de vie (ce qui était déjà une surprise en soi), mais lorsqu'un père et un fils géraient un business ensemble, ça ne se passait pas toujours tranquillement.

— On peut en parler plus tard, répondit Rafe avec un sourire.

Il ne voulait pas causer de problème quand la journée devait être consacrée à Sassy et plus tard, à Ian.

— Pour l'instant, allons manger et montrer ma copine à tout le monde.

Il embrassa le front de Sassy, qui se mit à rire.

— Généralement, j'arrive à parader toute seule, mon beau, mais si tu veux me faire cet honneur, je suis tout à toi.

Il sourit et fit un signe de tête à son père qui comprit le message, puis il alla dans le jardin où sa famille faisait la fête.

C'était étrange de constater à quel point il voulait que Ian soit avec eux, à célébrer le temps qu'ils passaient ensemble comme trouple. Il savait que Ian avait prévu de rendre leur relation à trois publique, ainsi que le fait que la famille de Rafe l'acceptait. Cela fonctionnerait peut-être.

Il baissa les yeux vers la femme dans ses bras et soupira.

Il valait mieux que ça fonctionne, puisqu'il ferait n'importe quoi pour elle, pour Ian. Il devait juste s'assurer que ce ne serait pas pour rien, puisque s'ils le fuyaient de nouveau... eh bien...

Il n'avait pas besoin de savoir ce qu'il ferait alors.

Il avait déjà été brisé auparavant et si cela se reproduisait, il n'était pas sûr de pouvoir remettre sa vie en ordre. Sassy et Ian étaient rapidement devenus tout son monde et cette pensée l'effrayait.

Rafe aurait juste besoin de leur prouver qu'ils pouvaient faire fonctionner leur relation. Avec l'odeur de la cuisine de sa mère, le bruit des rires et le bonheur, ainsi que la sensation d'acceptation de leur part, ce serait peut-être possible.

Une fois le dîner terminé, ils partirent chez Sassy en un temps record. Il eut à peine éteint le moteur que la jeune femme était déjà sortie de la voiture et qu'il la suivait. Il la pourchassa dans les escaliers, un sourire sur le visage.

Lorsqu'elle ouvrit la porte, il la fit entrer précipitamment, s'accrochant à son poignet, puis il la poussa contre le battant qui se refermait.

Elle écarquilla les yeux et sourit.

— Tu es impatient, hein ?

Il prit son visage en coupe.

— Je t'ai fait mal ?

Il n'avait pas voulu l'écraser si fort contre la porte, mais bon sang, après des heures à être l'un avec l'autre sans pouvoir se rapprocher suffisamment, il ne pouvait se retenir.

Elle serra les fesses de son amant et ondula des hanches contre lui, le contour brut de son sexe s'enfonçant dans le ventre de la jeune femme.

— J'ai adoré. Tu m'as tenu le poignet et tu as utilisé ton autre main pour retenir la porte, que je ne me cogne pas trop fort. Elle a fait un bruit sourd, c'est pour ça que tu as eu l'impression que c'était brusque.

Elle sourit avant d'ajouter :

— Enfin, tu as été brusque, mais dans le genre alpha sexy. Maintenant, vas-y et mets ton plan à exécution. J'espère que tu vas me baiser contre la porte.

Il secoua la tête. Cette femme le comprenait tellement que c'était effrayant.

— Je vais te dévorer contre cette porte, ensuite je te
ferai l'amour dans ton lit, parce que je l'ai promis.

Le regard de Sassy s'assombrit et elle lui lança un
petit sourire qui alla directement dans sa verge. Il tira
sur sa chemise et regarda les yeux de la jeune femme
suivre les lignes de ses abdominaux et de son torse. Il
ferait encore plus de sport si elle continuait de l'observer ainsi. Il passa les bras derrière sa nuque et l'attira
contre lui pour un baiser. Il aimait son goût. Doux et
épicé à la fois.

Il s'éloigna et tira sur le haut de Sassy. Elle leva les
bras et il lui enleva avant de baisser les yeux vers elle,
dans son soutien-gorge et son jean sexy. Il lui avait dit
qu'il aimait la façon dont il moulait ses cuisses ainsi
que ses fesses, et c'était sincère.

Mon Dieu, il adorait tellement ses courbes.

Il déclipsa l'attache à l'avant du soutien-gorge pour
dénuder sa poitrine. Ses seins raides et colorés poin-
taient et suppliaient sa bouche. Il baissa la tête et en
prit un dans sa bouche, utilisant sa main pour toucher
sa poitrine lorsqu'il mordilla et lécha. Il se concentra
sur son autre téton et s'agenouilla. Elle était juste assez
petite pour qu'il puisse suçoter ses seins tout en plon-
geant son visage dans sa poitrine.

Sérieusement, il adorait cette partie-là.

Il descendit le long de son corps, laissant des baisers et des morsures sur son ventre jusqu'à arriver au-dessus de son jean. Il détacha le bouton, ouvrit la fermeture Éclair et baissa son pantalon le long de ses fesses, emportant sa culotte en même temps.

— Rafe, gémit-elle.

Elle se tortilla pour enlever son jean et il le jeta sur le côté.

— Mon Dieu, j'aime ton goût, déclara-t-il avant de passer une jambe de la jeune femme par-dessus son épaule et de lécher sa fente.

Elle posa une main sur ses épaules et se stabilisa tandis qu'il donnait des coups de langue. Il l'ouvrit et la prit avec sa langue, puis deux doigts. Chaque gémissement qu'elle émettait coïncidait avec le vacillement sexy de son sexe et il savait qu'elle était proche de la jouissance.

Il tendit sa main libre et tâtonna l'anus de la jeune femme. Il savait qu'ils n'avaient encore jamais joué au niveau anal, mais cela viendrait.

Bientôt.

— Oui, Rafe, comme ça. Mon vibro avec accessoires ne le fait pas comme tes doigts.

Il faillit jouir dans son pantalon à cause de son aveu, mais il garda la bouche sur son clitoris, voulant la faire jouir. Sa Sassy aimait se masturber de façon coquine ?

Il était chanceux.

Il fredonna contre son clitoris tandis que ses doigts franchissaient l'anneau de muscles serrés. Il n'avait que le liquide de la jeune femme pour le lubrifier, il ne mettrait donc que l'extrémité pour ne pas lui faire mal.

— Rafe !

Elle gémit sur sa langue et il maintint la pression sur son clitoris, sachant qu'elle l'aimait de cette façon.

Alors qu'elle avait toujours les yeux fermés, il se leva, gardant ses mains sur ses hanches pour qu'elle ne tombe pas, puis il la prit dans ses bras. Il la porta jusqu'à la chambre comme il l'avait promis auparavant, la tête sur son épaule, son corps tremblant toujours.

— Comment tu veux le faire, Sass ?

— Je veux être à quatre pattes. J'aime quand tu y vas profondément comme ça.

Il sourit.

— Tu es une coquine.

Elle leva les yeux au ciel et il la reposa.

— Tu fais tellement le mec en disant ça.

Il lui donna une claque sur les fesses quand elle se retourna, et gémit lorsqu'elle regarda par-dessus son épaule pour hausser un sourcil dans sa direction.

— Mets-toi à quatre pattes au milieu du lit, *cariña*. Comme ça, quand tu trembleras, tu ne tomberas pas la tête la première.

Elle rit, exactement comme il l'avait voulu, et il

enleva son pantalon après avoir sorti le préservatif de son portefeuille. Il le déroula sur sa longueur, son sexe plus que prêt à s'enfoncer dans ce beau sexe rose.

Il la pénétra en coup de reins et ils soupirèrent tous les deux en même temps. Il fit des va-et-vient en elle, ses doigts s'enfonçant dans ses hanches quand il la prenait. Il se pencha au-dessus d'elle pour que son torse soit collé contre son dos, alors même que les hanches de Sassy se cambraient pour venir à la rencontre de ses coups de reins.

— Embrasse-moi, ma Sassy, chuchota-t-il.

— À moi, dit-elle en tournant la tête.

— À toi.

Il prit ses lèvres et jouit brusquement en elle. Il roula des hanches pour glisser contre son clitoris et il frissonna. Ses muscles se serrèrent autour de lui lorsqu'elle jouit en même temps que lui.

— À moi, dit-il en retour.

— À toi, chuchota-t-elle d'une voix lourde.

Ils s'enfoncèrent tous les deux sur le lit, son sexe toujours plongé en elle puisqu'il n'était pas encore prêt à bouger. Il saisit ses fesses et elle le regarda par-dessus son épaule une fois de plus pour qu'il puisse prendre ses lèvres. Leurs corps mouillés par la sueur retombèrent, tandis que leur respiration se calma enfin. Il déglutit difficilement, trop submergé par leur passé et leur avenir pour parler.

C'était ce qu'il avait voulu toutes ces années et pourtant, il ne savait même pas qu'il en mourait d'envie. Sassy était à lui et à Ian. Il priait simplement Dieu qu'ils ne le quitteraient pas.

Encore.

CHAPITRE SEPT

IAN PASSA une main sur son torse, lissant sa cravate. Il ignorait pourquoi il se sentait si raide, si mal à l'aise à ce moment-là, mais cela le dérangeait. Il ferma les yeux un moment, prenant une grande inspiration. S'il n'avait pas l'air calme, il effraierait les autres clients réguliers du restaurant. Avec son allure sombre et son froncement de sourcils maussade, la plupart des gens savaient qu'il fallait se plier à ses exigences.

C'est ainsi qu'il avait grimpé l'échelle de la hiérarchie chez les agents immobiliers.

Ça et le nom de Steele.

Ce soir, il utiliserait ce nom pour obtenir la table qu'il désirait, mais il ferait de son mieux pour perdre ce froncement de sourcils. Après tout, il ne voulait pas effrayer Sassy lors de leur rencard.

— Ian ? Tu viens ?

Il cligna des yeux, chassant le doute qui semblait s'insinuer en lui lorsqu'il en voulait le moins, puis il se retourna vers son rencard, sa Sassy.

Cela lui importait peu qu'elle porte un jean moulant ou une robe de hippy fluide ou même rien du tout... il aimait l'allure de cette femme.

À ce moment-là, sa beauté l'étourdit tellement qu'il crut qu'il allait s'évanouir.

Ils allaient dîner dans l'un des plus beaux restaurants de La Nouvelle-Orléans, ce soir-là, et elle avait apparemment décidé de porter quelque chose de formel. Sa longue robe noire épousait ses courbes aux endroits qu'il fallait. Le décolleté en forme de cœur accentuait sa poitrine, mais ne lui donnait pas un air vulgaire. Non, il n'y avait rien de vulgaire chez Sassy et il adorait ça.

Elle avait laissé ses cheveux détachés. Rafe lui avait dit qu'elle avait tenté de se faire un chignon quand ils avaient rendu visite à ses parents et qu'il l'avait détaché. Ian sentit qu'elle avait laissé ses cheveux libres pour lui, ce qui non seulement le surprit, mais le fit tomber encore plus amoureux.

Ses cheveux ébouriffés avaient une simple mèche noire pour être assortie à sa robe, discrète par rapport à ce qu'elle faisait d'habitude, mais il aimait tout de même. Rafe avait mentionné à quel point elle était sexy quand elle avait détaché ses cheveux et Ian savait qu'ils devraient prévoir quelque chose autour de ça.

En revanche, pour le moment, il n'y avait que Ian et Sassy. Ils étaient peut-être un trouple, mais ils étaient également trois couples. Il était impératif qu'ils passent du temps tous les trois, mais seuls également.

Ce n'était pas qu'ils en aimaient un plus qu'un autre, il savait qu'il avait besoin des deux. Il avait besoin de passer du temps en tête à tête avec Sassy, tout comme il avait besoin de passer du temps seul avec Rafe. Lorsqu'ils étaient tous les trois, c'était comme assembler les pièces pour former un puzzle terminé qu'ils étaient les seuls à comprendre.

Le mot *compliqué* n'arrivait même pas à illustrer leur relation, mais il s'en moquait.

Il les aimait tous les deux, mais qu'il soit maudit s'il fuyait encore et qu'il les perdait tous les deux.

— Ian, qu'est-ce qui ne va pas, ce soir ?

Il secoua la tête, puis glissa une main dans la sienne, la levant jusqu'à ses lèvres. Il déposa un doux baiser sur ses doigts et sourit.

— Je suis désolé, mon amour. Visiblement, je n'arrive pas à arrêter de réfléchir, ce soir.

Ils étaient devant la voiture et le voiturier était à côté d'eux, la main tendue. Ian lança un sourire froid et lui adressa un signe de tête en lui donnant ses clés, avant de prendre le bras de Sassy.

— Laisse-moi t'emmener à l'intérieur avant que je reste là toute la nuit à rêvasser.

Elle fronça les sourcils, mais le suivit, son bras coincé sous le sien.

— Tu peux rêvasser autant que tu veux, Ian, mais si tu préfères rester à la maison ce soir, on peut partir.

Quelque chose dans son ton raviva un souvenir et il jura dans sa barbe. Avant, lorsqu'il s'était éloigné émotionnellement, il avait agi de manière distante, perdu dans ses propres pensées. S'il ne faisait pas attention, Sassy et Rafe penseraient qu'il reproduisait le même schéma.

Il était loin de cet état d'esprit, mais il comprenait leurs peurs. C'était peut-être agaçant qu'ils imaginent qu'il puisse s'enfuir, mais il ne pouvait pas leur en vouloir.

La serveuse les accompagna jusqu'à leur table dans un coin isolé, comme ils l'avaient demandé. En faisant un signe de tête en direction de la femme, il tira la chaise de Sassy et l'aida à s'asseoir.

— Tu sais, j'aurais pu le faire moi-même, mais j'aime quand tu montres tes vieilles bonnes manières avec moi.

Ian sourit, appréciant le fait que peu importait ce qu'elle portait, elle était toujours Sassy.

— Tu aimes peut-être un peu quand je la joue vieux jeu, mais si je continuais, tu me tiendrais par les boules en moins de temps qu'il ne faut pour le dire.

Elle fit un clin d'œil, le regard vraiment amusé.

— Tu as bien raison.

Le serveur apporta la liste des vins et leur parla des plats du jour. Ian se moquait de savoir ce qu'il mangeait ce soir, puisqu'il savait que tout était bon, et tant que Sassy était son compagnon de dîner, il aurait la soirée qu'il souhaitait.

Il haussa un sourcil en direction de Sassy.

— Tu veux qu'on prenne chacun le plat du jour et qu'on se contente de ça ?

Sassy écarquilla légèrement les yeux avant de sourire.

— Bien sûr. Ça rend les choses plus faciles.

Le serveur acquiesça et s'en alla quand Ian but une gorgée d'eau.

— Pourquoi as-tu eu l'air surprise que je commande ?

Elle fronça les sourcils alors qu'elle réfléchissait à ses paroles, puis elle se lécha les lèvres.

— Je ne veux pas que tu aies une mauvaise impression de ce que je vais dire.

Il se renfrogna.

— Tu n'as pas besoin de me cacher quoi que ce soit.

— Je le sais. Du moins, je pense que je le sais, maintenant. Quand on sortait ensemble, la première fois, tu mettais toujours du temps à choisir ton plat. Comme si tu avais besoin qu'il soit juste parfait ou quelque chose comme ça. Et quand on est entré ici, j'ai vu quelques mecs en costard regarder dans ta direction pour saluer ta présence, mais tu ne leur as pas répondu. Tu m'as regardé pendant tout ce temps. Ne te méprends pas, j'adore que tu sembles te ficher de ce que les autres pensent, mais c'est différent d'avant.

Ian fronça les sourcils, sachant qu'elle avait raison, mais n'appréciant pas la personne qu'il avait été auparavant si c'était ainsi qu'elle l'avait perçu.

— Est-ce que je me suis comporté comme ça ces dernières semaines ?

Il n'imaginait pas avoir changé si dramatiquement depuis qu'il l'avait retrouvée. Oui, il *avait* grandi ces dix dernières années, mais ce n'était pas la première fois qu'ils sortaient pendant un rencard juste tous les deux.

Sassy secoua la tête, puis tendit la main vers la sienne.

— Non, tu as été génial, Ian. Je te le promets. Je ne le mentionne que maintenant, parce que j'ai remarqué à quel point tu étais différent. Pas différent dans le mauvais sens... mais juste... Je ne sais pas.

Elle soupira.

— Je t'adore, Ian. J'aimais comment tu étais avant, mais j'aime vraiment la nouvelle version de toi.

Il entrelaça ses doigts avec ceux de Sassy au-dessus de la table et sourit.

— Moi aussi, je t'adore, Sassy, à la fois celle que tu étais et que tu es. C'est ce qui arrive quand on grandit, j'imagine. On découvre si les nouvelles personnes que nous sommes peuvent s'entendre comme avant.

Il repensa comme elle avait l'air sexy quand ils *s'entendaient* d'une certaine façon et il retint un grognement.

— Je sais ce à quoi tu penses et, oui, on s'entend bien sur ce plan-là, aussi.

Elle fit un clin d'œil et il rejeta la tête en arrière, avant de rire.

Il sentit les regards des gens autour de lui, mais il s'en moquait. Cette femme lui donnait l'impression qu'il était spécial pour ce qu'il était, et pas grâce à ce qu'il pouvait faire pour elle. Il l'avait aimée toutes ces années, d'une façon qu'il n'aurait pas cru possible, mais désormais, c'était encore plus profond.

Il avait conscience d'être un salaud chanceux.

— Ian, je me disais bien que c'était toi.

Ian se retourna vers la voix grave qui venait de s'exprimer, et il lança un petit sourire. Dean était l'un des amis de son père et bien que l'homme ait toujours été tolérable, il n'était pas l'une des personnes que Ian préférait au monde.

— Dean, le salua Ian en se levant.

Il jeta un coup d'œil à Sassy qui semblait tout aussi agacée que lui qu'ils soient interrompus. Tous les deux, ils étaient clairement en rendez-vous, en plein milieu d'une conversation, mais les gens de la trempe de son père, comme Dean, se moquaient d'être prévenants.

— J'ai entendu dire que tu revenais vivre en ville.

L'homme ne regarda même pas dans la direction de Sassy et Ian haussa simplement un sourcil.

— Laisse-moi te présenter à ma compagne, Sassy.

Il montra Sassy, qui se leva également.

Elle tendit la main pour saluer Dean et il cligna des yeux avant de la lui serrer d'une façon maladroite.

— Ravi de vous rencontrer, Dean, dit-elle poliment.

— Moi également, ma chère, répondit-il.

Il n'était clairement pas sûr de ce qu'il devait faire d'elle. Après tout, Sassy ne ressemblait à aucune des personnes que Ian avait fréquentées à New York. Tandis que les reines de glace que Ian avait tolérées en ville étaient blond platine et presque frêles, Sassy était sexy et avait l'air sacrément délicieuse.

Il n'y avait qu'une Sassy.

— Vous travaillez avec Ian ou son père ? s'enquit-elle, semblant sincèrement intéressée.

— Je travaille avec Richard, oui, mais j'espère que maintenant que Ian est de retour en ville, on pourra conclure quelques affaires ensemble.

Sassy sourit chaleureusement.

— On ne peut pas se tromper avec Ian.

Dean lui sourit également, apparemment enchanté.

— Ça, je le sais. Je suis désolé d'avoir interrompu votre dîner et j'espère que vous passerez une bonne soirée. Ian, quand tu seras bien installé, passe-moi un coup de fil. J'adorerai te parler dans un... endroit plus approprié.

Ils se dirent au revoir, et s'assirent à nouveau.

— Pardon, dit Ian quand le serveur leur apporta leur repas.

Sassy balaya sa réplique d'un geste de la main.

— Ne t'inquiète pas pour ça. Ce n'était pas comme si tu avais pu l'ignorer et il n'a pas dit clairement que je n'étais pas faite pour toi, donc ça n'est rien.

Ian haussa les sourcils.

— Si j'avais dit ton nom de famille, il aurait fait le rapprochement et il aurait compris qui tu étais.

Elle haussa les épaules, mais il pouvait voir l'éclat faiblir dans ses yeux. Bon sang. Il n'aurait pas dû dire ça.

— Peu importe. Je ne suis plus cette fille et nous le savons tous les deux. Mais visiblement, je ne suis pas passée pour un microbe ou une prostituée à ses yeux, avant qu'il parte.

Ian ricana.

— Chérie, tu ne ressembles pas à une prostituée.

117

— Je ne suis pas aussi guindée que les autres femmes d'ici, mais je m'en moque.

Il leva la main de Sassy vers ses lèvres.

— Tu crois que ça m'importe ? Je t'aime, Sassy. Tu le sais. J'aime aussi Rafe.

Il avait chuchoté ces deux phrases, mais cela ne l'aurait pas dérangé si quelqu'un les avait entendues.

— Sassy, peu importe ce qu'il se passe à partir de maintenant, je n'irai nulle part. J'ai commis des erreurs par le passé. Nous le savons tous les deux. Je ne les commettrais pas à nouveau.

— Et si des gens comme Dean flippent en nous voyant ?

— Alors qu'ils aillent se faire foutre.

— Ian, chuchota-t-elle avant de secouer la tête.

— Vraiment. Qu'ils aillent se faire foutre. Ils s'habitueront à nous. Tant qu'ils ne vous font pas de mal, à Rafe et toi, je me fiche de savoir ce qu'il se passe en dehors de nous trois.

— Tu ne le penses pas vraiment, n'est-ce pas ?

Il souffla.

— Je n'irai nulle part. Tu ne le croiras pas vraiment avant de le voir, alors pourquoi ne finirions-nous pas notre repas, avant de retourner chez moi pour le dessert.

Le regard de Sassy se réchauffa et il dut ajuster son membre dans son pantalon.

118

— Eh bien, merde, je pensais plus à de la glace au caramel, mais j'aime ce à quoi tu penses.

Elle rebondit sur sa chaise.

— De la glace au caramel ? On peut avoir les deux ?

Il se vit léchant la douce mixture sur ses tétons et il toussa.

— Je devrais demander l'addition maintenant ?

— Maintenant, mon beau, sinon je me casse de là toute seule et tu devras me suivre.

Le serveur arriva rapidement quand il fut appelé et Ian laissa suffisamment d'argent pour payer à la fois la note et laisser un pourboire. Ils partirent vers la voiture et y pénétrèrent précipitamment avant de conduire à vive allure jusqu'à chez lui. Il fit exprès de garder ses yeux et ses mains loin de Sassy pendant tout ce temps, sinon ils ne seraient jamais arrivés en un seul morceau.

Lorsqu'ils arrivèrent à l'étage et fermèrent la porte, ils haletaient tous les deux et le sexe de Ian allait arborer la marque de la pression contre la fermeture Éclair.

— On agit comme des adolescents, haleta Sassy en enlevant le haut de son amant.

Il lui retira également le sien et ils enlevèrent tous les deux leur pantalon. Leurs mains tremblaient et Ian gloussa.

— Pourquoi a-t-on tellement envie l'un de l'autre,

là ? C'est comme s'il y avait quelque chose dans le vin, marmonna-t-il.

Il écrasa sa bouche contre celle de Sassy, incapable d'attendre plus longtemps.

Elle lui mit une claque sur les fesses et il recula.

— Est-ce que tu viens juste de dire que tu avais besoin de petites pilules pour bander avec moi ?

Elle avait un sourire sur le visage, mais tout de même, on ne mettait pas en colère *la* Sassy.

Il saisit ses fesses et la souleva pour qu'elle enroule ses jambes autour de sa taille. Ils déglutirent difficilement quand le sexe de l'un s'appuya contre celui de l'autre.

— Je suis en train de dire que *tu es* ma drogue, chérie. Maintenant, je vais te poser parce que te tenir comme ça quand je n'ai pas de préservatif, c'est idiot de ma part.

Il la posa, mais elle glissa lentement le long de son corps et il dut prendre une brusque inspiration pour ne pas la pencher et la prendre ici et maintenant.

— En plus, je t'ai promis de la glace.

Il lui donna une claque sur les fesses comme elle lui avait fait et elle sourit.

— Maintenant, va t'allonger dans la chambre et j'arrive tout de suite.

Elle haussa un sourcil.

— Tu vas prendre le risque de ruiner ta moquette de luxe pour de la glace ?

Comme elle avait une piètre opinion de lui. Non, comme elle avait une piètre opinion de qui il *avait* été.

— Ce sera propre, Sass. Si je la joue comme il faut, je vais pouvoir lécher chaque goutte sur tes seins, donc ce ne sera pas un problème. Maintenant, va t'allonger et écarter les jambes. Je suis prêt pour mon dessert.

Elle écarquilla les yeux et avec un sourire impertinent, elle s'en alla d'un pas léger, aussi nue que le jour de sa naissance, jusqu'à la chambre. Il prit une grande inspiration, voulant reprendre le contrôle qu'il avait perdu, et il partit vers le congélateur pour aller chercher la glace préférée de Sassy.

Elle s'allongea par terre, ses cheveux éparpillés autour d'elle. Il fit rouler son téton d'une main, tandis qu'elle faisait glisser l'autre dans sa bouche, ses hanches se cambrant en même temps.

Il faillit laisser tomber le bac de glace et les cuillères.

Il n'y avait rien de plus sexy qu'une femme qui savait exactement ce qu'elle voulait et elle n'avait pas besoin d'une érection pour l'obtenir... pourtant, lorsqu'elle vit son sexe, elle sourit et fit un clin d'œil.

— Ça t'a pris longtemps, ronronna-t-elle.

Il tomba à genoux, retira le couvercle de la glace, et en remplit une petite cuillère. Avant qu'elle puisse lui dire ce qu'elle voulait, il la laissa tomber sur son nombril. Ce n'était tellement pas sexy, mais elle l'avait encouragé, après tout.

Elle se cambra et s'agita.

— Oh merde, c'est froid.

— Laisse-moi te réchauffer.

Il lécha la glace sur son ventre, puis avala pour qu'elle n'ait pas trop froid. Elle gémit quand il recula et déposa une plus petite dose de dessert fondant sur sa poitrine, avant de s'en délecter. Le goût sucré de sa peau, mélangé avec le caramel, créait une combinaison décadente aussi entêtante que n'importe quelle drogue.

Ils jouèrent avec la glace, léchant chacun leur tour et goûtant jusqu'à ce qu'ils aient le ventre plein. Il découvrit que le meilleur endroit pour poser de la glace était le creux de ses reins et il devrait s'assurer que Rafe le sache, pour plus tard.

— Je suis toute poisseuse, dit Sassy quand ils haletèrent tous les deux.

Ils n'avaient pas joui et leurs préliminaires les avaient tous les deux vraiment excités.

— Je vais chercher une capote et on s'assurera après que tu ne sois pas plus poisseuse.

Il gloussa en se levant. Elle plissa le nez et secoua la tête.

— C'était grossier, mais j'ai bien aimé.

Alors qu'il s'approchait d'elle, il glissa le préservatif

sur sa longueur, appréciant la façon dont son regard suivit le mouvement. En fait, elle aimait apparemment beaucoup le regarder.

— Lève-toi, mets-toi face au miroir au-dessus de la commode et agrippe-toi au bord, ordonna-t-il.

Elle sourit et fit ce qu'on lui dit. Il arriva derrière elle et posa les mains près des siennes pour pouvoir se tenir sans l'écraser.

— Prête, chérie ? chuchota-t-il.

Il l'embrassa derrière l'oreille. Elle frissonna dans ses bras et il roula des hanches contre elle pour que son membre glisse entre ses fesses.

Elle se pencha légèrement pour lui et il se plongea dans sa chaleur. Il bougea ses mains pour attraper ses hanches, puis il se retira. Leurs regards se croisèrent dans le reflet et il lui sourit.

— Prête, Ian. Je suis prête pour n'importe quoi.

Mon Dieu, il l'espérait, mais ses doutes n'étaient pas pour maintenant.

Leurs regards dans le miroir ne vacillèrent pas lorsqu'il fit des va-et-vient en elle. Leur respiration se synchronisa et il accéléra le rythme. Ses testicules se resserrèrent et la base de sa colonne vertébrale le picota. Il sut qu'il allait avoir un orgasme.

Il tendit la main et saisit son sein. Elle se lécha les lèvres et ils jouirent ensemble, leurs gémissements faisant écho dans la chambre quand il remplit le préservatif. Il avait hâte de la remplir quand il serait sans protection, mais c'était pour plus tard.

Pour le moment, il avait la femme qu'il aimait dans ses bras, son membre entièrement en elle, et son corps appuyé contre le sien. Il se contenterait de ça et priait qu'un jour, il y ait plus, qu'elle ne la quitte pas. Qu'elle croirait qu'il ne la quitterait pas non plus.

Il se débarrassa de ses pensées mélancoliques et l'embrassa doucement.

— À moi, chuchota-t-il.

— À toi et à moi aussi, haleta-t-elle en retour.

— Je suis à toi, Sassy. Je le serai toujours.

CHAPITRE HUIT

— ALORS, Sassy travaille ce soir ? demanda Rafe.

Il pensait pourtant déjà connaître la réponse, étant donné qu'elle n'était pas au loft avec Ian et lui.

Ian s'assit sur le canapé à côté de lui, sa cravate défaite et l'air sacrément sexy et ébouriffé. Il but une grande gorgée de bière et pencha la tête.

— Elle fait la fermeture avec Shep ce soir et il l'emmène chez lui pour que sa copine Shea et elle puissent passer une soirée entre filles. Son cousin, Austin, est en ville et ils sortent pour que les filles passent un peu de temps ensemble.

— C'est vrai, dit Rafe.

Il but une gorgée de sa bière avant d'ajouter :

— Il nous a aussi invités, non ?

— Si, mais j'ai décliné pour nous deux, puis que je

sais qu'on travaille tous les deux comme des fous pour nous acclimater au changement.

Il ferma les yeux, souffrant d'une sacrée migraine après sa journée. Son père gérait toujours la boutique de La Nouvelle-Orléans, même si Rafe l'avait rachetée plusieurs années auparavant, étant donné qu'il était aussi propriétaire des deux autres franchises que son père avait créées. La cohabitation de deux hommes dominants dans un même espace de travail ne fonctionnait pas aussi bien qu'il l'avait espéré.

Il avait fui Sassy et Ian, pour finir par vivre quand même près de ce dernier pendant une décennie. Il était revenu à La Nouvelle-Orléans pour arrêter de fuir ses problèmes. Lorsqu'il était parti, il s'était assuré de garder ses distances avec sa famille parce qu'ils auraient eu honte de lui.

Ou du moins, c'était ce qu'il pensait.

Bon sang. Ses parents étaient bien plus tolérants et ouverts d'esprit qu'il ne se l'avouait. Rien que ça lui aurait fait encore plus honte pour son manque de confiance, néanmoins, Sassy ne l'avait pas laissé s'apitoyer là-dessus.

Après tout, ils avaient choisi d'aller de l'avant et de bâtir leur propre avenir. Cependant, travailler avec son père le transformait en véritable garce. Son vieux n'avait pas la même vision que Rafe et bien que celui-ci accepte que son père ne change jamais, certaines choses le devaient.

Il allait trouver une solution ou ouvrir une autre boutique dans la franchise s'il le devait. Peu importait ce qu'il se passait, il ne fuirait pas comme il l'avait fait auparavant. Il avait été jeune et stupide à l'époque.

Il était plus vieux, maintenant, et espérait ne plus être aussi stupide.

Il y avait un autre homme dominant dans sa vie et au moins, et les choses semblaient bien se passer de ce côté-là.

Il espérait.

Il se pencha en avant et posa la tête sur l'épaule de Ian. Celui-ci bougea pour passer ses bras autour de Rafe et se mettre à l'aise. Il prit une grande inspiration et inhala l'odeur de bois de santal qui était si... caractéristique de Ian.

— Qu'est-ce que tu avais prévu pour ce soir, alors ? demanda Rafe.

Sa voix était un peu endormie. C'était sympa, de s'asseoir sur le canapé avec l'homme qu'il aimait autour de lui. Ils étaient juste assis là, à regarder dans le vide, et il était satisfait. À la façon dont le corps de Ian se détendit autour de celui de Rafe, il devait aussi être à l'aise.

Ian glissa un doigt sur l'épaule de Rafe, mais ne

bougea pas davantage. La tension dans la pièce s'éleva, mais elle était enivrante.

— Je n'avais pensé à rien d'autre qu'à rester à la maison. Je suis bien trop fatigué pour sortir et faire semblant de faire la fête avec des jeunots de vingt ans.

Rafe sourit. Ian avait toujours été casanier et avait toujours fait plus vieux que les gens de son âge, mais son amant n'allait pas le lui rappeler. Pas quand tout se passait bien et qu'ils appréciaient la soirée.

Ils restèrent assis là en silence pendant dix minutes de plus, jusqu'à ce que Ian se décale et que Rafe relève légèrement. Ian soupira, puis posa ses avant-bras sur ses cuisses, la tête baissée.

Rafe fronça les sourcils et passa une main dans le dos de Ian.

— Qu'est-ce qui ne va pas ?

— Que fait-on ?

Trois mots.

Juste trois mots et Rafe eut l'impression d'être à bout de souffle. Il cligna des yeux, ne sachant pas vraiment quoi dire. D'après le ton de la voix de Ian, la position de ses épaules, Rafe sut qu'ils ne parlaient pas de ce qu'ils faisaient pour le dîner.

Non, c'était la conversation que Rafe avait eu peur d'avoir... même s'il pensait qu'ils l'avaient déjà eu.

Bon sang. Maintenant, il était en colère.

— Mais, bordel, qu'est-ce que tu veux dire, Ian ?

Ian se tourna vers lui, les yeux écarquillés.

— Pourquoi es-tu en colère ? Je voulais savoir la prochaine étape pour ne pas avoir un train de retard.

Il se leva, titubant en arrière.

— Merde, Rafe. Tu pensais que j'allais à nouveau partir ? Tu as vraiment pensé qu'après tout ça, après tout ce que j'ai dit et ce que j'ai fait, j'allais partir ?

Rafe se leva pour qu'ils soient nez contre nez.

— Tu es déjà parti avant !

La douleur traversa le regard de Ian avant qu'il la chasse.

— Va te faire voir, Rafe. Je pensais que nous étions passés au-delà de ça. T'ai-je donné une quelconque raison de penser que je n'étais pas vraiment là ?

Rafe plissa les yeux, mais ne dit rien. Il ne trouvait rien à dire et cela l'agaça encore plus qu'il ne pouvait l'avouer. Ses propres incertitudes l'emmerdaient.

— Ian...

Son amant leva la main.

— Non, laisse-moi parler. Je sais que je ne ris pas, que je ne souris pas autant que toi et Sassy. Je sais que je reste sur le côté, que je donne l'impression d'être juste... là. Mais j'aime que ça se passe ainsi, Rafe. J'aime vous regarder plaisanter et sourire pour les choses les plus étranges. J'aime savoir que je suis là, même si je n'ai pas besoin de faire partie de tout, tout le temps.

Nom de Dieu, Rafe était un crétin.

— Ian, tu en fais toujours partie. Je sais que tu es là. Mon Dieu, je suis tellement désolé. Je ne sais pas ce qui cloche chez moi.

Et maintenant, il parlait comme une adolescente. Enfin, un adolescent. Bref.

Ian lui lança un petit sourire avant de secouer la tête.

— Je n'irai nulle part, Rafe. Mon Dieu, j'ai fait tellement d'erreurs avant et nous le savons tous. J'avais tellement peur de ce que mes parents penseraient non seulement du fait que j'aime un homme, mais que j'aime un homme *et* une femme en même temps. J'ai été tellement stupide de ne pas faire ce que mon cœur voulait, mais plutôt ce que tout le monde attendait de moi.

Rafe ne bougea pas, ne parla pas, sachant que c'était important pour Ian... et pour eux.

Ian prit le visage de Rafe en coupe, ses grandes mains devenant une ancre quand Rafe se sentit dériver, ne sachant pas ce qui arriverait ensuite.

— Sassy et toi, vous êtes mon tout. Vous l'étiez avant et je ne comprenais pas ce que ça signifiait. Je suis impliqué sur le long terme, Rafe. Mais j'ai besoin de savoir ce que c'est, le long terme. Nous avons été tellement fous de venir à *Midnight Ink* et de recommencer une nouvelle vie avec Sassy sans d'abord en parler avec elle, et c'est pourtant ce qu'on a fait. On a provoqué ce grand moment, plutôt que d'attendre qu'il se passe quelque chose.

Rafe tourna la tête pour embrasser la paume de Ian.

— Je sais. En y repensant, on aurait pu faire les choses un peu différemment.

Ian sourit.

— Sans blague. Ça fait deux mois qu'on est revenus et qu'on a essayé de faire fonctionner notre relation. Je n'irai nulle part. Tu vas devoir le croire, sinon tout ce que je fais n'est pas suffisant, Rafe.

— Nom de Dieu, je suis un putain de crétin.

Ian sourit.

— Oui, tu l'es, mais je t'aime.

— Moi aussi je t'aime, Ian.

Ian baissa la tête et captura ses lèvres dans un baiser féroce. Lorsqu'il s'éloigna, il appuya son front contre celui de son amant.

— On y va doucement, Rafe, dit-il avant de ricaner. Enfin, aussi doucement que possible, puisqu'on a déjà tous couché ensemble.

Rafe sourit.

— Eh bien, nous avions déjà un passé ensemble, alors ce n'est pas *si* lent.

— J'y mets tout mon cœur, Rafe. Je suis totalement

dedans. Je sais que toi aussi, sinon tu ne serais pas si effrayé de savoir ce qui pourrait se passer.

— Je le sais. Vraiment. J'ai juste fait une crise de panique ou un truc dans le genre.

— Si tu ne me fais pas confiance, ça va être telle-ment difficile pour moi de passer à autre chose. Je sais que je le mérite à certains égards, mais je suis là. Et j'es-père vraiment que Sassy l'est aussi.

Rafe ferma les yeux.

— Nous devons lui donner le même bénéfice du doute que pour tous les deux.

— Je sais. C'est le cas. Mais tu remarqueras que bien qu'on se soit dit qu'on s'aimait, et qu'on aimait également Sassy, elle n'a pas prononcé ces mots.

La douleur dans le regard de Ian était trop dure à supporter, et Rafe l'embrassa doucement.

— Ça m'a traversé l'esprit.

Ian recula et secoua la tête.

— Regarde-nous. Ça fait deux mois qu'on sort ensemble, qu'on s'envoie en l'air comme jamais et que notre relation signifie quelque chose, mais nous, on s'accroche au fait qu'elle n'ait pas dit qu'elle nous aimait.

— Les mots ont de l'importance avec Sassy.

— Et c'est ce qui fait mal, parce que je ne sais pas si elle nous le dira un jour. C'est tellement plus facile de revenir à ce qu'elle faisait avant, plutôt que de faire face aux épreuves que nous allons traverser, une fois que le monde sera au courant pour nous.

Ian ne se montrait pas égocentrique en exprimant cette peur. Il travaillait dans le domaine public et les gens commentaient déjà le fait qu'il sorte en secret avec une femme du nom de Sassy. Ce n'était qu'une question de temps avant qu'ils découvrent Rafe... et l'identité de Sassy. Ils ne la cachaient pas de peur de se blesser l'un l'autre. En le faisant, ils avaient permis l'apparition d'autres problèmes. Ils s'occuperaient de ces problèmes et Rafe savait que cela valait la peine.

Il priait simplement que Sassy ressente la même chose.

— Je ne vais pas la pousser à dire quoi que ce soit qu'elle ne pense pas... ou qu'elle le pense, mais qu'elle n'est pas prête à admettre face à nous, même face à elle-même, expliqua Ian.

— Qu'est-ce que tu veux obtenir de cette histoire ? s'enquit Rafe.

Il savait ce que lui, il voulait. Absolument tout : des vœux, des bébés et une façon pour tous les trois de travailler et vivre ensemble. Le monde pouvait aller se faire voir pour ses opinions sur ce qui était bien ou mal. Ils ne faisaient de mal à personne avec ce qu'ils vivaient et tout le monde pouvait passer au-dessus de ça.

C'était plus facile à dire qu'à faire, mais si la famille

de Rafe n'avait aucun problème avec ça, alors le plus grand obstacle était franchi. Ian se foutait totalement de ses parents, pareil pour Sassy. Sa véritable famille à *Midnight Ink* n'avait aucun problème avec les ménages à trois, puisqu'il y avait déjà un trouple à la boutique.

Ian caressa la joue de Rafe du pouce.

— Je veux tout, Rafe. Je veux tout. Tout comme toi. Ça ne veut pas dire que je le mérite, mais je le veux. Je ne sais pas comment ça va fonctionner au-delà de ce qu'on imagine tous les trois, mais nous trouverons un moyen.

— Entre nous trois, il faut simplement plus de communication, si tu y réfléchis.

Ian leva les yeux au ciel.

— Oui, nous ne sommes pas les plus doués pour ça.

— Et on doit aussi s'envoyer plus souvent en l'air quand on est trois.

Ian rejeta la tête en arrière et rit. C'était l'une des choses les plus sexy du point de vue de Rafe.

— Il y a ça aussi. Et nous sommes plutôt doués là-dedans.

Ian l'attira contre lui et Rafe posa sa tête contre son épaule. Ils restèrent ainsi pendant un moment, leurs corps se balançant à un rythme qu'ils étaient les seuls à pouvoir entendre.

— Ça va aller, chuchota Ian.

Rafe ferma les yeux et serra la taille de Ian.

— Oui. Oui, ça va aller.

La seule chose sur laquelle ils n'avaient aucun contrôle et qui comptait était Sassy, même s'ils n'avaient aucun désir de la contrôler. Elle était dans son propre monde.

Autant Ian et Rafe s'aimaient, autant ce dernier savait que ça ne serait pas vraiment la même chose sans Sassy. C'était elle qui les maintenait ensemble et qui complétait leurs vies.

Elle n'était pas partie, mais était-elle entièrement impliquée ?

Il ne la savait pas, mais il lui laisserait le temps. Lui et Ian lui laisseraient tout le temps.

Elle était au centre de leur relation.

Ils devaient s'assurer qu'elle le savait.

CHAPITRE NEUF

— ALORS C'EST différent d'être avec deux hommes au lieu d'un ?

Shea écarquilla les yeux et se claqua une main sur la bouche, secouant la tête.

— Je n'arrive pas à croire que je viens juste de te demander ça, marmonna-t-elle derrière sa main.

Sassy passa ses doigts dans ses cheveux, ses brace-lets cliquetant tandis qu'elle tentait de retenir son rire face à cette question.

— Oh, chérie, tu fais partie de la famille. Tu peux poser ces questions, la taquina Sassy.

Shep, l'amour de la vie de Shea et l'un des meilleurs amis de Sassy, arriva derrière Shea et posa une main sur ses épaules.

— Sassy, chérie, si elle fait partie de la famille,

peut-être que vous ne devriez pas parler de sexe. Et Shea, ma belle, je suis le seul homme dont tu as besoin.

Shea rougit vivement et s'appuya contre lui.

— La plupart du temps, je n'arrive même pas à te gérer, Shep, mais j'aime essayer de le faire parfaitement.

Sassy sourit quand Shep attira Shea dans un baiser passionné, puis la laissa ébouriffée, rougissante, et sacrément sexy. Il y avait quelque chose de chaud et de doux quand on regardait un couple, ou un trouple, amoureux, tout en sachant qu'on pourrait également vivre ça.

Oh, elle n'était pas prête à avouer qu'elle avait trouvé son bonheur absolu, mais elle était clairement sur la bonne piste.

Elle avait fait exprès de dissimuler ses sentiments pour Ian et Rafe. Après tout, ils n'étaient réunis que depuis deux mois. Ils avaient toujours le temps de trouver leur rythme et de découvrir quelles pièces du puzzle allaient s'assembler. Néanmoins, cela ne signifiait pas qu'elle n'y avait pas pensé.

Mon Dieu, certains jours, elle avait l'impression que c'était la *seule* chose à laquelle elle pensait.

Mais les choses se passaient bien. Superbement, même. Elle avait eu des moments avec chacun de ses hommes et des moments avec les deux en même temps.

Elle se rendait bien compte qu'elle pensait constamment à Ian et Rafe comme étant *ses* hommes.

Voilà ce qu'ils étaient.

Ils étaient siens et elle leur appartenait également.

Shep se reconcentra sur son bloc-notes, travaillant sur son dessin pour Shea, laissant les deux femmes parler de ce qu'elles aimaient le plus.

Leurs hommes.

Bien sûr, Sassy devait répondre aux appels et faire les trente mille choses qui incombaient à la réceptionniste de *Midnight Ink*, mais aujourd'hui était assez tranquille, heureusement. Il n'y avait que les artistes, qui travaillaient sur des projets à venir, et deux clients dans des fauteuils en train de se faire tatouer. Le bourdonnement de l'aiguille était un doux fredonnement, glissant le long de la colonne vertébrale de Sassy.

Oh, oui, il était carrément temps de se faire un nouveau tatouage.

Peut-être qu'elle se ferait le même tatouage que Rafe et Ian voulaient quand ils étaient venus à la boutique deux mois auparavant. Difficile de croire que seuls deux mois s'étaient écoulés depuis qu'ils étaient entrés et qu'ils lui avaient fichu une peur bleue. Mon Dieu, elle les aimait, mais elle attendait pour leur dire.

Quelque chose la retenait, elle ne savait pas quoi, mais elle n'était pas prête à leur faire savoir.

— À quoi penses-tu pour que cela te donne un air

si sérieux ? demanda Shea en tirant Sassy hors de sa rêverie sur son amour pour ses hommes.

Sassy secoua la tête et sourit. Inutile de parler des choses qu'elle ne pouvait même pas formuler clairement dans son esprit. Elle ferait mieux de parler des bonnes choses, comme le sexe et le fait que Shep et Shea seraient bientôt mariés.

Enfin, par « bientôt », elle voulait dire l'année prochaine, mais c'était tout de même assez cool.

— Alors, tu as hâte de te faire un nouveau tatouage ? s'enquit Sassy, changeant de sujet.

Shea haussa un sourcil, mais ne lui fit pas remarquer.

— Je viens juste de faire mon premier avec Shep, mais il prévoit le deuxième. Je crois qu'il faudra un bon moment avant qu'on le fasse. Je veux m'assurer de ne pas devenir folle en me faisant douze tatouages en douze mois.

Sassy inclina la tête.

— Tu sais, s'ils étaient plus petits, ça pourrait te faire une bonne promotion.

Shea leva les yeux au ciel.

— Oh mon Dieu, regarde ce que j'ai commencé.

Sassy sourit et se tourna vers la réception pour noter cette idée. Quelqu'un avait laissé le journal du matin sur son bloc-notes et lorsqu'elle le bougea, quelque chose attira son regard.

La Traînée de la famille Bordeaux de retour en ville.
Qu'en dit Papa ?

Sassy cligna des yeux tandis que le bourdonne-ment dans ses oreilles devenait de plus en plus fort. Elle ouvrit la bouche pour parler, mais rien n'en sortit. Elle posa un doigt sur la rubrique société et se lécha les lèvres.

— Sassy ? Qu'est-ce qu'il y a ? Oh, mon Dieu, tu es pâle. Tu es malade ? Shep !

Elle entendit Shea l'appeler, mais c'était si lointain et s'éloignait encore.

Ils l'avaient découvert.

Quelqu'un avait compris qui elle était et comment elle était liée à Ian. Elle jeta à coup d'œil au journal. Les mots *traînée, sodomite* et *plans à trois*, ressortaient et lui donnaient envie de vomir.

Ils avaient également découvert pour Rafe.

De grandes mains la firent tourner et elle regarda les yeux de Shep, sa vue toute floue.

— Sassy ? Qu'est-ce qui ne va pas, ma belle ? Parle-moi. Austin, va lui chercher un verre d'eau.

Sassy avait oublié que le cousin de Shep, Austin, était de retour en ville. Elle allait devoir s'assurer de le taquiner sur sa façon de tatouer comme elle le faisait toujours. Enfin, si elle réussissait à réfléchir à nouveau... ou à affronter ces gens.

Oh, mon Dieu, que feraient-ils quand ils découvriraient qu'elle leur avait menti tout ce temps ?

— Oh, mon Dieu, Sassy.

Shea s'exclama à côté d'elle et Sassy ferma les yeux.

Bon sang. Elle avait vu l'article.

— Oh, chérie, cette stupide pétasse de Vivian est sacrément nulle quand elle écrit dans la colonne des potins. Ils ont écrit un article sur Shep et moi quand on a commencé à sortir ensemble, à cause de mon père, mais ça a capoté.

Sassy sentit les mains de Shea dans son dos, mais elle ne put parler. Elle ne pouvait penser qu'à ce qu'elle devait faire et qui elle devait protéger. C'était sa mission.

Elle était *la* Sassy.

Elle allait devoir tout abandonner pour savoir que la famille de Rafe, le cercle de Ian, son équipe à elle, tout le monde, irait bien.

Aucun autre choix ne s'ouvrait à elle.

Puisque peu importait à quel point c'était scandaleux pour Shea, l'enfant chérie, de sortir avec un tatoueur couvert de dessins, il n'y avait rien de tel que la princesse Bordeaux perdue qui se retrouvait dans un ménage à trois avec l'un des hommes les plus convoités des États-Unis ainsi qu'un autre homme qui, d'après ses parents et ceux qu'ils fréquentaient, était sans ascendance.

C'était pour cette raison qu'ils allaient la démolir. Peu importait qu'elle aime Ian et Rafe, ou qu'ils soient bien plus qu'une étiquette. Rien n'avait d'importance dans le monde où elle avait grandi, ce même monde contre lequel elle luttait afin de le laisser derrière elle.

Le visage qu'on montrait en public était la seule chose qui comptait dans ce monde-là.

Vivre le péché ultime en public ne ferait que blesser Ian et Rafe.

Elle ne pouvait pas faire ça.

Peu importait ce qu'elle pensait d'elle-même, elle ne ferait aucun mal aux hommes qu'elle aimait.

Bon sang.

Les larmes menaçaient de couler, mais elle les refoula. Elle n'allait pas s'effondrer devant ses amis, la famille qu'elle avait créée avec des liens qui, elle l'espérait, étaient plus forts que le sang.

— Merde, Sassy, il y a une équipe de caméraman dehors et ils disent qu'ils veulent te parler, déclara Austin derrière elle.

Sassy retint un frisson.

— J'ai fermé les portes. C'est une propriété privée et ils peuvent aller se faire foutre.

— Je dois sortir d'ici, chuchota-t-elle d'une voix brisée.

Elle était *entièrement* brisée.

Shep passa une main dans ses cheveux, mais elle le sentit à peine.

Elle ne sentait presque rien.

— D'accord, chérie, on va te sortir de là.

Elle secoua de la tête et s'écarta. Elle pouvait sentir le regard de tout le monde dans la pièce. Les gens qu'elle aimait avançaient vers elle, essayant de l'aider, mais elle ne pouvait pas y arriver, elle ne pouvait pas l'accepter.

— J'ai besoin d'être seule. Je vais sortir par-derrière, mais je n'ai pas ma voiture.

Austin lui jeta ses clés et elle les attrapa sans réfléchir.

— C'est ma voiture de location. Prends-la. Je me débrouillerais avec Shep sans problème.

— Austin, je ne crois pas qu'elle devrait conduire, la sermonna Shea.

— Je crois qu'elle est plus forte que n'importe lequel d'entre nous. Si elle a besoin de s'en aller, on doit la laisser faire, répliqua Austin.

Mon Dieu, même un homme qu'elle ne connaissait que depuis quelques mois pensait qu'elle était plus forte qu'elle ne l'était en réalité. Elle espérait pouvoir être à la hauteur, puisqu'elle s'apprêtait à faire quelque chose qui lui demanderait tout son courage.

— Sassy, cracha Shep.

Elle cligna des yeux pour chasser le brouillard dans lequel elle était.

— Reprends-toi. Je sais que tu peux le faire. Tu as besoin de partir ? D'accord, on peut te laisser faire. Mais je t'interdis de prendre le volant si c'est pour te faire du mal parce que tu es perdue dans tes pensées. Compris ?

Elle acquiesça, reconnaissante d'avoir une telle famille.

— Ça va aller, mentit-elle.

Ce qu'elle s'apprêtait à faire ne lui permettrait jamais d'aller bien, mais elle le ferait tout de même. La force ne venait pas des choix faciles, mais des plus difficiles comme ceux qu'elle était obligée de faire en ce moment.

— On monte la garde, lui dit Shep. Ensuite, tu pourras nous raconter ce qu'il s'est passé. On ne va pas s'immiscer dans ta vie privée.

Elle l'embrassa sur la joue, puis courut jusqu'à la porte de derrière. Elle ne voyait aucun journaliste aux alentours, mais elle savait qu'ils pouvaient la prendre en embuscade. Elle mit son cerveau sur pilote automatique quand elle conduisit jusqu'au garage de Rafe. Ian serait là aussi. Lors de ses jours de repos, il aidait la famille de Rafe, créant ce lien dont elle mourrait d'envie. Ils étaient censés sortir déjeuner tous les trois dans une heure et Ian devait passer l'après-midi à *Midnight* pour apprendre à connaître sa famille.

Du moins, cela avait été le plan.

Plus maintenant.

Quelques mots malveillants dans les pages potins d'un journal avaient tout gâché.

Elle s'engagea dans le garage et éteignit le moteur. Les larmes n'avaient pas encore coulé. C'était comme si elle était figée dans le temps, regardant tout le monde bouger autour d'elle comme si rien ne s'était passé. Comme si son monde ne venait pas tout juste de se briser en un million de minuscules pièces qui ne se recolleraient jamais.

— Sassy ? Est-ce qu'on est en retard ? s'enquit Rafe en souriant.

Il avait des taches de graisse sur son bleu de travail et avait l'air assez fort pour la soutenir sans même y réfléchir.

Ce n'était pas suffisant.

— Chérie ?

Ian sortit de l'autre pièce, portant un jean et un tee-shirt qui lui donnait un air plus décontracté que jamais. Il donnait l'impression d'avoir sa place dans la famille.

Une famille à laquelle elle n'appartiendrait jamais.

— Qu'est-ce qui ne va pas ? demanda Rafe quand il arriva vers elle.

Elle fit un pas en arrière quand il tenta de tendre une main vers elle. Le choc et la douleur sur son visage furent comme un coup de poignard dans le cœur, mais cela devait être ainsi.

— Est-ce qu'on peut trouver un endroit calme pour parler ?

Elle pouvait voir le père de Rafe arriver dans le garage et elle ne pouvait lui faire face, pas quand elle allait les décevoir à nouveau, lui et sa famille.

Mon Dieu, elle l'avait fait auparavant, mais seulement pour protéger son propre cœur.

Non, maintenant, c'était pour les protéger *eux*.

Il y avait une différence.

Il devait y en avoir une.

— Oui, on peut aller derrière, dit Rafe.

La peur dans sa voix toucha immédiatement Sassy.

C'était curieux, puisqu'elle pensait déjà être anesthésiée.

Elle les suivit tous les deux et se plaça entre eux, sachant que ce serait la dernière fois qu'elle le ferait.

— Vous avez lu les journaux ? demanda-t-elle.

Sa voix était vide d'émotions. Si elle s'effondrait, elle n'arrêterait jamais de pleurer et serait incapable de dire ce qu'elle voulait.

— Pas encore, dit Ian. J'ai lu le premier titre, mais je n'ai pas regardé le reste. Qu'y a-t-il, Sassy ?

Elle secoua la tête.

— Regardez les pages potins quand vous en aurez l'occasion, ou ne le faites pas si vous ne voulez pas. Ils savent.

Rafe cligna des yeux.

— Qui sait ?

— Tout le monde. Ils le savent tous. Ils savent que la traînée des Bordeaux est dans un ménage à trois, que la princesse perdue est une honte pour sa famille.

L'expression de Ian devint orageuse.

— Quoi ? Quel nom viens-tu juste d'utiliser ?

Elle secoua la tête.

— Ce n'est pas important. Vous lirez tout là-dessus. Ce qu'ils ont écrit ? Ce n'est pas vrai. Nous le savons, mais ça n'a pas d'importance. Ce qui compte, c'est qu'on fait du mal à des gens en restant ensemble. Ian, tu vas tellement perdre en faisant ça. Toi aussi, Rafe. Ta famille est peut-être d'accord avec ce qu'on fait, mais une fois qu'ils seront harcelés à propos de mon passé et de l'avenir qu'on pensait avoir ?

— On s'en tape des gens, Sass, aboya Rafe. On a déjà traversé ça avant. On ne te perdra pas.

Elle secoua la tête.

— On n'a jamais fait ça. J'ai passé ma vie à tenter de découvrir qui j'étais. Si je reste, que je fais du mal aux gens que j'aime parce que je veux quelque chose que je ne peux pas avoir, alors je me suis aussi perdue.

— Il n'y a rien de mal dans ce que nous sommes, chuchota Ian.

Elle ferma les yeux pour empêcher les larmes de couler.

— Je le sais. Je le *sais*. Dans ma tête, nous n'avons jamais été tabou. Je n'ai jamais cru que quelque chose était bizarre dans le fait d'aimer deux hommes. Ce n'est pas ça. C'est le fait que d'autres vont être blessés à cause de ce que je veux. C'est ce qui me tue. C'est la différence. Si je pouvais vous aimer tous les deux et ne jamais blesser les gens que nous aimons aussi, alors je sauterais sur l'occasion. Mais je ne peux pas être égoïste.

— Arrêter maintenant n'est pas la réponse, dit Rafe d'une voix grave.

— Arrêter maintenant fait peut-être de moi une lâche, mais ça sauve les gens autour de nous. J'étais heureuse avant que vous reveniez et peut-être, juste peut-être que je le serai à nouveau. Si ce n'est pas le cas ? Alors c'est que je ne le méritais pas.

La première larme tomba et elle sut qu'elle était à court de temps.

— Je vous aime tous les deux. S'il vous plaît, vous devez le savoir, mais je ne peux pas continuer de vivre quelque chose qui nous fera du mal à tous, à l'avenir.

Aucun des hommes ne parla, leurs visages fermés, et elle acquiesça.

Là.

Elle l'avait fait.

Elle avait tout brisé.

Encore une fois.

Elle tourna les talons, monta dans la voiture de location d'Austin et s'en alla.

Les larmes coulaient sincèrement désormais, mais elle continua à conduire, ne sachant pas où elle allait. Aller chez elle, ce serait trop. Il y avait trop de Rafe, trop de Ian.

Les autres avaient beau dire qu'elle était forte, elle savait que c'était un mensonge.

Peu importait qu'elle ait l'air forte, peu importait qu'elle ait fait ça pour sauver les autres, dans sa vie, elle était faible. *La* Sassy n'était pas censée avoir une fin heureuse.

CHAPITRE DIX

— VOUS ALLEZ SIMPLEMENT la laisser partir ?
aboya le père de Rafe.

Ian prit une grande inspiration. Il fit un signe de
tête en direction de l'homme qui, un jour, serait son
beau-père si Ian pouvait en décider seul.

— Non, on ne va pas la laisser partir. Elle a peut-
être besoin de temps pour respirer, mais elle n'a pas le
droit de nous quitter juste après nous avoir dit qu'elle
nous aimait.

— Timing parfait, putain, cracha Rafe.

— Ton langage, *niño*.

Rafe grogna à côté de lui et Ian grinça des dents.

— Elle est partie à cause de ce qu'elle a vu dans le
journal. Alors, allons voir ce qu'elle y a lu, et on arran-
gera les choses après.

Rafe se plaça devant lui, tandis qu'il sortait du bureau.

— Arranger ça ? Et comment ? Merde, Ian, on vient juste de la laisser partir.

Ian posa une main sur la joue de Rafe.

— Et si on l'avait obligé à rester, elle nous en aurait voulu. Alors on va voir quel est le véritable problème en consultant les médias et la personne qui a fait fuiter l'histoire, puis en arrangeant ça. On ira la voir après. On aurait dû le faire il y a dix ans et on ne commettra pas la même erreur.

Qu'il soit maudit s'il agissait comme il l'avait fait auparavant.

Il continua de réfléchir aux paroles de Sassy, encore et encore, se fixant sur celles qui signifiaient qu'ils avaient une chance à l'avenir. Elle ne leur avait jamais dit ouvertement qu'elle les aimait, pas par le passé. Néanmoins, les mots avaient été prononcés désormais et elle ne pouvait pas les retirer.

Elle ne pouvait pas s'en aller pour de bon.

Lorsqu'il consulta la colonne des potins dans les foutues pages Société, il laissa échapper un rugissement. Rafe sursauta et jeta un coup d'œil par-dessus son épaule, avant de jurer d'une façon particulièrement abominable qui surprit Ian par sa véhémence.

— Mon Dieu, ils ont été durs avec Sassy, chuchota Carlos. Pourquoi feraient-ils une telle chose ?

Ian grinça des dents.

— Ils ont été mesquins et cruels avec elle en disant qu'elle était une déception pour sa famille. Vous remarquerez qu'ils ne nous ont pas mentionné tous les deux, qu'ils ont juste dit qui nous étions.

— L'attaque était surtout dirigée vers elle, dit Rafe.

— Et qui voudrait lui faire autant de mal et aurait les relations pour le faire ?

— Merde. Ce putain de salaud.

— Son père ? demanda Carlos, ignorant le langage de son fils. *Mierda.*

Ian haussa les sourcils en guise de confirmation. Il regarda Rafe et laissa échapper un soupir.

— Occupons-nous de lui une fois pour toutes. Il a toujours été en arrière-plan de notre relation avec elle. Nous avons choisi de le mettre de côté, parce qu'agir aurait pu la blesser. Mais maintenant, on va arranger ça.

— Tu penses vraiment qu'elle va apprécier qu'on règle le problème pour elle.

Ian secoua la tête.

— Non, elle va détester ça. Elle devrait lui faire face, mais pas avant d'être prête. Si nous voulons que notre relation fonctionne à l'avenir, nous devons nous assurer que ce salaud n'en fasse pas partie. Il a besoin de savoir qu'il ne peut pas se pointer quand il veut pour lui faire du mal. La seule raison pour laquelle il est au courant pour nous, c'est à cause de qui je suis et des gens qui me suivent. Je vais utiliser ça pour le détruire.

— Et lorsqu'elle nous en voudra parce qu'on s'en est occupé pour elle ?

Ian secoua la tête.

— Elle pourra confronter son père plus tard, aussi. Mais pour le moment, c'est quelque chose que *nous* devons faire. Ce salaud n'est pas la seule chose qui l'ennuie et une fois que nous lui aurons assuré que ça peut fonctionner, alors elle fera partie de cette relation aussi. Nous ne faisons pas seulement ça pour elle, nous le faisons pour *nous*.

Il n'était pas seulement en train de rationaliser. Peu importait à quel point Sassy avait *besoin* de confronter son père, ça ne se passerait pas ainsi. Le salaud n'avait pas suffisamment d'importance sur le long terme, et Ian pouvait faire ce qu'il voulait pour s'assurer qu'il n'aurait plus d'importance du tout.

Ils montèrent dans la voiture de Ian et conduisirent jusqu'à la propriété des Bordeaux de l'autre côté de la ville. Il n'était jamais allé là-bas, même si avec l'influence de sa famille, il y avait été invité. Les Steele et les Bordeaux auraient fait l'alliance parfaite dans le paradis des snobs. Dommage que Ian et Sassy se soient trouvés comme ils le voulaient, et non comme leurs parents le désiraient.

Il arriva devant le portail et baissa sa vitre.

— Je peux vous demander ? s'enquit le gardien.

— Dites à Donald Bordeaux que Ian Steele est ici, et qu'il ferait mieux de nous laisser entrer. Maintenant.

Les yeux du gardien s'écarquillèrent à la mention du nom de Ian, et il tituba vers le téléphone. Ian remonta sa vitre et posa les mains sur le volant, s'y agrippant comme si c'était sa ligne de vie.

— C'est bon de porter ton nom, parfois, dit Rafe.

Ian pouvait tout de même entendre et sentir la colère et la peur sous-jacentes.

— Mon nom nous attire des ennuis plus de fois qu'il nous aide, on dirait, mais j'en ai assez de m'inquiéter de ce que les gens pensent. Cet homme va apprendre qu'il a froissé la mauvaise famille, les mauvaises personnes. Ensuite, on ira voir Sassy, on se mettra à genoux et on la suppliera de revenir, parce que j'en ai assez d'attendre.

Rafe ricana.

— On dirait qu'on a un plan. C'est facile. Concis. Et merdique.

Le portail s'ouvrit et Ian le franchit. Un majordome franchit la porte d'entrée et leur fit un signe de tête quand Ian se gara devant la maison colossale. Tandis que celui-ci avait choisi de vivre dans un loft moderne et prévoyait d'acheter une maison plus grande pour eux trois, celle de Donald était immense et crachait sa richesse et ses privilèges aux yeux de tout le monde.

Encore une chose que Ian ne supportait pas chez ce salaud.

Cet endroit dégoulinait d'argent et semblait en même temps bas de gamme. Sassy avait plus de classe dans son petit doigt qu'il y en avait dans tout cet endroit et chez les gens qui y vivaient.

Ian et Rafe entrèrent et le premier sourit à cause de ce qu'ils portaient. Au lieu de son costume habituel, il était vêtu d'un jean et d'un tee-shirt, tandis que Rafe portait toujours son bleu de travail. Leur choix de garde-robe n'inspirait pas particulièrement le pouvoir, mais il conviendrait pour ce que Ian avait en tête.

Il pouvait avoir une puissance et un contrôle total en un instant lorsqu'il était en costume, mais même en jean et tee-shirt, il arrivait à transmettre une certaine colère et une influence pour la mettre en œuvre.

Il ne faisait aucun doute qu'il anéantirait l'homme qui essayait de briser sa propre fille.

— Eh bien, bonjour, Ian. Je me demandais quand tu passerais nous rendre visite.

Donald franchit l'arche de l'entrée et cligna des yeux face à leur tenue, avant de prendre un air satisfait comme s'il allait pouvoir les chasser d'une simple chiquenaude.

Bien.

Bordeaux avait commis la première erreur dans leur jeu de pouvoir, en sous-estimant ses adversaires.

— Vous êtes un putain de salaud, grogna Ian.

Donald haussa ses sourcils parfaits.

— Tant d'insolence de la part d'un homme qui se tient chez moi en guenilles à côté de celui qui doit être son mécanicien. Ou est-ce ton amant ?

— Arrêtez avec les stéréotypes, cracha Ian. Vous avez fait fuiter le nom de Sassy à la presse.

Même si ce n'était pas une question, Donald répondit :

— Cette petite pétasse pensait qu'elle reviendrait à La Nouvelle-Orléans et souillerait notre nom ? Qu'elle aille se faire foutre.

Le corps de Ian bougea avant que son cerveau ne puisse s'impliquer. Il écrasa son poing dans le visage de Donald et celui-ci tomba violemment en l'arrière.

— Eh bien, j'aurais pu le faire, dit sèchement Rafe.

Ian haussa les épaules.

— Tu auras le droit au suivant.

— Bon sang, merci.

— Connard !

Donald tituba, tenant son nez visiblement brisé et terriblement ensanglanté.

— Tu vas payer pour ça.

— Non, je ne paierai pas pour ça. Vous allez laisser

Sassy tranquille. Vous publierez un erratum détaillé *et* une excuse. Vous allez nous laisser tranquilles, Sassy, Rafe et moi. Vous allez laisser tranquilles les familles que nous avons créées. Vous allez nous laisser tranquilles, putain.

— Et pourquoi penses-tu que je vais faire ça ?

Ian se pencha pour être à quelques centimètres du visage de Donald.

— Parce que bien que vous ayez quelques dollars, moi j'en ai des milliards. Bien que vous ayez du pouvoir à La Nouvelle-Orléans, j'en ai plus, partout ailleurs. Et si ma relation m'éloigne du premier plan de mon entreprise, j'aurais quand même tout le reste. Vous n'avez rien. Prenez-vous-en à moi et à ce qui m'appartient et... Je. Vous. Détruirai. Complètement. Et. Définitivement.

Donald pâlit légèrement, la vérité le frappant.

Rafe se glissa aux côtés de Ian et saisit le menton de cet homme avec une force brutale.

— Et ce que Ian ne peut pas faire, je le peux. Vous croyez que je suis de la racaille ? Vous n'imaginez même pas à quel point, face de cul.

— Oh et pour votre information, Sassy a toujours vécu ici. Votre fille s'est cachée dans sa propre ville pendant dix ans, et vous ne l'avez pas remarquée jusqu'à ce que ça puisse aider votre mascarade de pauvre victime. Allez vous faire foutre, vous et la morale que vous pensez avoir. Restez loin d'elle sinon je vous chasserai comme le porc que vous êtes.

— Vous nous avez compris ? demanda Rafe et Donald acquiesça.

Ian poussa l'homme, puis sortit de la maison.

— Conduis jusqu'à chez Sassy. Je dois passer quelques coups de fil.

Il venait d'assurer l'avenir de Sassy, peu importe le coût ou les conséquences. Il avait l'argent, le privilège et l'influence. Il passerait quelques appels à ceux avec qui il travaillait et ils surveilleraient Donald de si près qu'il ne pourrait pas se gratter les fesses sans avoir un public.

Sassy était plus importante que tout ce qu'il pourrait jamais perdre.

— Tu penses vraiment qu'elle y sera ? demanda Rafe quand il conduisait.

Ian passa une main dans ses cheveux.

— C'est un bon endroit pour commencer. Je n'abandonnerais pas avant qu'on la trouve.

— Sans blague, ricana Rafe. Je n'arrive pas à croire que tu aies frappé son père. Elle va être furax.

— Non, elle va être énervée d'avoir raté ça.

— C'est ce que je voulais dire.

Ian sourit et posa une main sur le genou de Rafe, ayant besoin de cette connexion. Mon Dieu, Sassy les avait quittés. Avec tout ce qu'il s'était produit, il ne s'était toujours pas rendu compte qu'elle les avait laissés.

Ils se garèrent devant chez Sassy et sortirent de la voiture. Ils avaient chacun une clé et à la place de frapper et d'attendre son manque de réponse, ils entrèrent. Ils n'étaient pas préparés à la vue qui les accueillit.

Sassy était assise au milieu du canapé en L, le visage pâle, les larmes tachant ses joues, son regard vide.

— Oh, nom de Dieu, chuchota Ian avant de se précipiter vers elle.

Elle le regarda et ferma les yeux.

— Je me suis enfuie. Je suis tellement stupide.

Rafe arriva de l'autre côté et les attira tous les deux contre lui.

— Ce n'est pas stupide.

— C'était un réflexe, apparemment. J'ai passé la journée à pleurer et à vouloir mes petits amis. Mon Dieu, je suis une putain d'adolescente.

Ian saisit le menton de Sassy entre ses doigts et l'obligea à la regarder.

— Arrête. Tu n'es pas une adolescente. Tu as le droit de pleurer, de te battre et d'agir comme tu veux quand quelqu'un en qui tu es censé avoir confiance, quelqu'un qui est censé t'aimer te trahit.

Elle se lécha les lèvres et recula.

— Alors c'était mon père, hein ? Je ne m'en étais pas rendu compte avant de partir.

— Chérie, tu pensais à la douleur et aux autres, tu ne te demandais pas qui aurait pu provoquer tout ça, dit Rafe. On ne te demande pas d'assurer tout le temps, avec tout le monde.

— Qu'est-ce que vous avez fait ? demanda Sassy.

Ian rougit.

— Euh...

— Oh mon Dieu. Vous êtes allé le voir ? Sans moi ?

Rafe lança un regard noir à Ian, mais ce dernier savait qu'il devrait faire avec.

— Oui, pour la première fois. La prochaine fois qu'on ira là-bas pour le confronter, tu mèneras la charge. Je promets que nous ne sommes pas allés là-bas pour agir comme des hommes de Neandertal.

Rafe toussa.

Sassy les regarda tous les deux, puis observa les articulations gonflées de Ian.

— Tu l'as frappé ? Hein ? Oh mon Dieu ! J'ai raté ça !

Elle lui donna un coup dans l'épaule et Ian fut soulagé de voir la couleur revenir sur son visage.

— Je n'arrive pas à croire que j'aie raté *Ian Steele* frappant mon père.

— Je le referai pour que tu puisses regarder.

Sassy sourit comme il l'avait espéré, et elle passa les

bras autour de son cou, l'attirant pour un baiser. Il s'exécuta, la sensation de son corps en dessous lui manquant déjà. Elle s'éloigna, et fit la même chose à Rafe avant de leur donner un coup dans le bras.

— Ne vous occupez pas de mes problèmes.

— Hé, il s'agissait de nos problèmes également, dit Rafe.

— J'ai dit à ton père de régler cette histoire avec les médias, sinon j'allais lui rendre la vie dure. Tu sais que je peux le faire.

Elle écarquilla les yeux.

— Ian ! Mais et ton entreprise ? Et la famille de Rafe ? Et *Midnight* ? Ce n'est pas seulement un article. Ça pourrait faire de mal à beaucoup de gens.

Ian plissa les yeux.

— Comment ? Comment cela pourrait-il nous faire du mal ? Les seules personnes auxquelles nous tenons nous aiment et soutiennent notre relation. Rien d'autre n'a d'importance.

— Mais Ian...

— Sassy, ça ira, interrompit Rafe. Ma famille peut le supporter. À la boutique, ils savaient déjà que les choses pouvaient être difficiles pendant un moment si les gens commençaient à s'y intéresser, mais ce n'est pas le cas. Pas vraiment. Et si les choses changent, alors je peux me mettre en retrait et laisser mon frère et mon père s'occuper de tout ça. Ma famille ne va pas me quitter et notre garage ne va pas couler à cause des personnes que j'aime.

— Mon entreprise et ses employés sont à l'aise, financièrement. Ce ne sera pas un problème. C'est à la mode, en ce moment, d'être différents dans certains cercles sociaux, et je peux utiliser cette carte-là si j'en ai besoin. Ces gens à qui je fais confiance ne vont pas me quitter à cause de ceux que j'aime. Quant à mes parents ? Ils ne m'aiment pas, déjà, Sass. Rien de ce que je pourrais faire ne changera ça et je m'en moque. Vous êtes ma famille, maintenant. Toi et Rafe.

Ses yeux s'emplirent de larmes et elle battit rapidement des paupières.

— Je ne vais pas encore pleurer. J'ai assez pleuré pour la journée.

Ian prit son visage en coup.

— D'accord, alors. Et quant à la dernière partie ? *Midnight* ? Tu as créé cette famille à la boutique. Et ces gens t'aiment. Ils restent forts peu importe ce qui arrive autour d'eux. Il y a un putain de trouple dans le groupe, déjà. Je crois que ça ira, pour nous.

Sassy rougit.

— D'accord, alors j'exagérais un peu sur ce coup-là.

— Arrête de te battre contre nous, Sassy, chuchota Raf. Tu as le droit d'être heureuse.

— Tu as le droit de tenter ta chance, ajouta Ian.

Tente ta chance avec nous, Sass. Tente ta chance avec nous pour notre avenir.

Elle se mordit la lèvre et cligna des yeux.

— Je promets de ne plus jamais fuir. Je suis à fond dedans. Je suis désolée de m'être enfuie en courant.

Ian secoua la tête.

— Je vais te fesser ton joli petit cul pour m'avoir effrayé comme ça, mais je te crois, bébé. Tu as le droit d'être vraiment énervée à cause de ce que tu as lu, mais on va gérer ça ensemble.

— C'est pour ça que nous sommes là, chuchota Rafe.

Sassy attira Ian dans un baiser, sa langue effleurant la sienne et il gémit.

— Aime-moi, chuchota-t-elle contre ses lèvres.

— Toujours, répondit-il.

— Emmène-moi dans la chambre, exigea Sassy.

Ian lui mordilla la lèvre.

— Je croyais que j'étais l'alpha.

Elle leva les yeux au ciel.

— Si vous ne savez pas encore tous les deux que je mène la danse, alors il n'y a vraiment aucun espoir pour vous.

Rafe se leva et aida Sassy à en faire de même.

— On verra.

Il la prit dans ses bras et la porta jusqu'à la chambre tandis qu'elle couinait.

Ian prit une grande inspiration et sourit.

Enfin.

Elle était à eux.

Il enleva son haut et son pantalon, avant de se frayer un chemin vers sa chambre, absolument pas surpris que Sassy soit déjà nue et que Rafe soit entre ses jambes, léchant son sexe.

Les mains de Sassy étaient emmêlées dans les cheveux de Rafe et elle lui sourit.

— Je te l'avais dit, chuchota-t-elle.

— Vraiment ? Tu as le contrôle ? demanda Rafe avant de plonger trois doigts dans son entrée brûlante.

Elle se cambra contre lui.

— Passe-moi le lubrifiant, Ian.

Ian gloussa, prit la bouteille ainsi que quelques préservatifs sur la table de nuit. Il en fit couler quelques gouttes sur la main de Rafe et saisit son sexe, regardant son amant pénétrer l'anus de Sassy avec son doigt, doucement et lentement.

— Tu vois ? J'ai carrément le contrôle, marmonna Rafe contre sa cuisse.

— Tu as gagné ! haleta Sassy.

— Non, c'est moi qui gagne, murmura Ian.

Il se tenait derrière Rafe et plongea son propre doigt lubrifié entre ses fesses.

— Oh, merde, c'est froid, hurla Rafe.

— Je vais te réchauffer, promit Ian.

Il tourbillonna au-dessus de l'orifice de Rafe avec son doigt, avant d'appuyer lentement contre lui, la sensation des muscles serrés enivrante. Il avait hâte de le sentir autour de son sexe.

— C'est tellement bon, gémit Rafe.

— Je vois *exactement* ce que tu veux dire, haleta Sassy sous Rafe.

Ian travailla Rafe jusqu'à ce qu'il sache qu'il était prêt. Il décrivit de petits cercles sur la prostate de son amant et celui-ci frissonna.

— Ne le fais pas encore. Merde. Je vais jouir et je ne suis même pas encore en Sassy.

— Alors en selle, le taquina Ian.

— Est-ce que tu viens juste de me comparer à un... oh, mon Dieu, c'est bon ! hurla Sassy quand Rafe la pénétra.

Ian s'agrippa aux hanches de Rafe pour le stabiliser.

— Dis-le-moi si je dois aller plus lentement, déclara-t-il.

Il appuya l'extrémité de son sexe couvert par le préservatif contre l'anus de Rafe. Il appuya, la pression cédant quand il passa le cercle de muscles serrés.

Les deux hommes – ainsi que Sassy – gémirent quand Ian bougea. Centimètre par centimètre, il s'enfonça en Rafe, le muscle serré si chaud qu'il savait qu'il devrait faire attention s'il ne voulait pas jouir tout de suite. Finalement, il fut entièrement plongé et prêt à bouger.

— Prêt ? grinça Ian.

— Prête ! hurla Sassy.

— Prêt ! gémit Rafe en même temps.

Ian se retira, le mouvement obligeant Rafe à reculer également, son propre membre en Sassy. Ian établit le rythme, chaque coup de reins finissant donc en Sassy. Il poussa brutalement, ses testicules se resserrant quand il s'obligea à ne pas jouir.

Sassy se tortilla sous lui, ses doigts s'enfonçant dans les bras de Ian. Il aimait qu'elle le touche également, connectant leurs corps, leur âme, leur avenir.

— Je vais jouir, souffla Sassy.

Son corps rougit et ses tétons s'obscurcirent quand Rafe se pencha en arrière pour poser sa tête sur l'épaule de Ian.

Rafe s'enfonça en elle et Ian le poussa pour qu'il puisse faire la même chose. Rafe hurla, ses fesses se resserrant autour du membre de Ian quand il jouit, et Ian en fit de même peu de temps après, son corps se détendant quand il se laissa aller.

Ian se retira, puis s'allongea sur le lit à côté de Sassy, Rafe étant de l'autre côté de la jeune femme.

Ils restèrent ainsi quelques instants avant que chaque homme se lève, prenant soin de se débarrasser de leurs préservatifs, et revienne avec des serviettes chaudes et mouillées. Ils nettoyèrent tour à tour Sassy et chacun d'eux avant de jeter les serviettes près du panier à linge et de s'allonger de chaque côté de leur femme.

— Ça m'avait manqué, haleta Ian. Mon Dieu, ça m'avait manqué.

Sassy rit entre eux et lui tapota leurs torses.

— La prochaine fois, ce sera moi le cœur fondant au milieu des deux biscuits. Ensuite, Ian pourra le faire. On va y aller chacun notre tour.

Ian ferma les yeux.

— Je crois que j'ai d'abord besoin d'une sieste.

Rafe ricana.

— Tu vieillis, mec.

Sassy tendit la main et prit son visage en coupe, faisant durcir son sexe.

— Non, vous bandez tous les deux avec un contact de la main. Mais ne vous inquiétez pas, je vais vous laisser vous reposer. On n'ira nulle part.

Ian se tourna sur le côté pour pouvoir baisser les yeux vers eux deux.

— Jamais, Sassy. Je ne vous quitterai pas. Je vous aime, tous les deux.

Rafe se tourna également.

— Moi aussi, je vous aime tous les deux.

Des larmes emplirent ses yeux et elle sourit.

— Des larmes de joie. C'est promis. Je vous aime tellement tous les deux. Tellement.

Ian souffla et saisit sa bouche.

C'est ce qu'il avait attendu d'entendre et il savait que peu importait ce qu'il s'était passé, ce qu'il se *passerait*, tant qu'ils avaient ces mots, tout irait bien.

Tout irait mieux que bien.

Ils étaient à nouveau ensemble.

Enfin.

ÉPILOGUE

— OUI, Ian, chéri, se faire un tatouage, c'est doulou-reux. Fais avec, le taquina Sassy.

Elle était allongée sur le ventre, pendant que Shep lui faisait sur les fesses le même tatouage que Caliph dessinait sur Rafe et Austin, leur artiste invité du moment, sur Ian.

Tandis que Rafe souriait à Caliph qui dessinait le tatouage sur le bas de sa hanche, Ian n'arrêtait pas de fermer les yeux et de grincer des dents.

— Qu'est-ce qui ne va pas, mec ? Tu n'aimes pas qu'on te touche les fesses ? ricana Caliph.

— J'ai une préférence quant à la personne qui me les touche, merci bien, grinça Ian.

Austin rejeta la tête en arrière et rit.

— Je suis honoré que tu me laisses t'y dessiner un

tatouage, alors. Je sais que ton cul appartient à Rafe et Sassy. Je promets de laisser ta dignité intacte.

— Va te faire foutre, marmonna Ian.

— Je crois qu'on vient juste de dire que je n'en aurai pas le droit, mon frère, mais merci quand même. Et tu as déjà ce grand tatouage dans le dos. On aurait pu croire que tu étais déjà habitué.

Ian soupira.

— Je suis détendu, je le promets. C'est jusque que je n'aime pas voir Sassy grimacer.

Celle-ci sourit et les hommes eurent une même exclamation d'adoration.

— C'est trop mignon, chéri. Oui, ça fait mal, mais ce n'est rien. Les mains de Shep sont magiques.

— Il ferait mieux d'y aller mollo sur la magie, lui fit remarquer Rafe.

— Va te faire foutre, Chavez, dit Shep.

Il lui fit un doigt d'honneur avant d'ajouter :

— Que Shea ne t'entende pas, sinon, elle te mettra un coup dans les noix.

— Et puisque j'aime ses noix, je m'assurerai de l'empêcher d'agir comme un idiot, intervient Sassy. De quoi ça a l'air ?

Shep grogna. Elle savait qu'il n'aimait pas parler de son travail avant qu'il soit terminé. Il avait un sacré tempérament, à sa façon. Avec lui, ses hommes, Austin et Caliph, ils avaient réussi à trouver un dessin qui fonctionnerait pour tous les trois.

Ils avaient finalement trouvé quelque chose de petit, mais de parfait. C'était un cercle de feu, entremêlé avec un cercle de glace, autour d'un lys rouge. Il était surtout noir avec des ombres de couleurs subtiles, donc le rouge ressortait bien. Sassy l'adorait.

C'était parfait pour eux.

Ils voulaient ce tatouage parce qu'après tout, c'était la raison pour laquelle Rafe et Ian étaient venus, à la base. Maintenant, elle en faisait partie. Et parce qu'ils ne prévoyaient pas de mariage avant de pouvoir arranger les détails de leurs propres vies et les problèmes légaux, le tatouage représenterait leur promesse.

Leur dévotion.

Elle se retourna pour regarder ses hommes, se faisant tatouer, et elle sourit.

Sa seconde vie commençait à *Midnight Ink* et elle ne l'oublierait pas.

Sa seconde chance de vivre une véritable fin heureuse avait franchi les portes de *Midnight Ink* dix ans plus tard. Ils étaient trois en un, ils étaient unis et aimés.

Ils étaient réunis et pourtant, toujours eux-mêmes.

Il n'y avait vraiment rien d'autre au monde qu'elle aurait pu souhaiter.

Midnight Ink lui avait offert l'amour, la vie et le bonheur.

Rafe et Ian étaient son centre.

Ils étaient son avenir.

Après tout, *la* Sassy savait tout.

Fin

À suivre dans la série *Montgomery Ink* : À l'encre de ton cœur

NOTE DE CARRIE ANN

Merci beaucoup d'avoir lu *À l'encre du destin.*

À suivre dans la série *Montgomery Ink* : À l'encre de ton cœur

La série *Montgomery Ink* est toujours en cours d'écriture. J'espère que vous pourrez découvrir les premiers tomes déjà parus !

Pour vous assurer d'être informé de toutes mes nouvelles parutions, inscrivez-vous à ma newsletter sur www.CarrieAnnRyan.com ; suivez-moi sur Twitter @CarrieAnnRyan, ou sur ma page Facebook. J'ai également un Fan Club Facebook où nous discutons de sujets divers, avec annonces et autres goodies. C'est grâce à vous que je fais ce que je fais, et je vous en remercie.

N'oubliez pas de vous inscrire à ma LISTE DE

DIFFUSION pour savoir quand les prochaines publications seront disponibles, participer à des concours et obtenir des *lectures gratuites*.

Bonne lecture !

Montgomery Ink :

Montgomery Ink:

Tome 0.5: À l'encre de ton cœur

Tome 0.6: À l'encre du destin

Tome 1 : À l'encre déliée

Tome 1.5: À l'encre de ton âme

Tome 2 : À dessein prémédité

Tome 3 : D'encre et de chair

Tome 4 : Attrait pour trait

Tome 4.5: À l'encre des secrets

Tome 5: Entre les lignes

Tome 6: En pointillé

Tome 6.5: À l'encre de nos rêves

Tome 6.5: À l'encre de tes yeux

Tome 7: Nos desseins ravivés

Tome 7.3: À l'encre de nos vies

Tome 7.5 À l'encre de nos choix

Tome 8: Motifs troubles

Tome 8.5: À l'encre de ton corps

Tome 8.7: À l'encre de l'espoir

DE LA MÊME AUTRICE

Montgomery Ink:

Tome 7.5 À l'encre de nos choix

Tome 8: Motifs troubles

Tome 8.5: À l'encre de ton corps

Tome 8.7: À l'encre de l'espoir

Les Frères Gallagher:

Tome 1: Un amour nouveau

Tome 2: Une passion nouvelle

Tome 3: Un nouvel espoir

Redwood:

1. Jasper

2. Reed

3. Adam

4. Maddox

5. North

6. Logan

7. Quinn

Griffes

1. Gideon

Pour plus d'informations, abonnez-vous à la LISTE DE DIFFUSION de Carrie Ann Ryan.

À PROPOS DE L'AUTEUR

Carrie Ann Ryan n'avait jamais pensé devenir écrivaine. C'est seulement quand elle est tombée sur un roman sentimental alors qu'elle était adolescente qu'elle s'est intéressée à cette activité. Lorsqu'un autre romancier lui a suggéré d'utiliser la petite voix dans sa tête à bon escient, la saga *Redwood* ainsi que ses autres histoires ont vu le jour. Carrie Ann a publié plus d'une vingtaine de romans et son esprit foisonne d'idées, alors elle n'a guère l'intention de renoncer à son rêve de sitôt.